Walter Serner
Die Tigerin

Walter Serner

Die Tigerin

Eine absonderliche
Liebesgeschichte

Verlag Das Neue Berlin

Mit einem Nachwort versehen von Joachim Schreck

ISBN 3-360-00068-4

I

Kein Mensch wußte, wovon er eigentlich lebte. Das ist zwar in den maßgebenden Kreisen von Paris die Voraussetzung dafür, ernst genommen zu werden; der Umstand aber, daß man Fec weder spielen sah noch je in deutlicher Gesellschaft eines weiblichen Wesens, kurz, niemals in einer jener Situationen, welche immerhin gewisse Anhaltspunkte für etwaige Einkünfte bieten, hatte die im allgemeinen unvorteilhafte Folge, daß man ihn nicht ernst nahm. Man hielt ihn für einen jener posthumen Idealisten, die zwischen Fourier und Bakunin hausieren und in irgendeiner tiefen Mission dünne Revenüen beziehen; oder für einen bedauernswerten Dilettanten, der im geheimen an einem umstürzlerischen Werk arbeitet; oder für einen kleinen Spezialisten, dessen Ressort schon eines Tages sich enthüllen würde; oder sogar für einen verschämten Arbeiter; viele aber hielten ihn schlankweg für einen Trottel.

Groß und allgemein war deshalb die Verblüffung, als man Fec plötzlich an der Seite der schönen Bichette sah, die ihn öffentlich mit allen Zeichen wilder Gunst umgab. Und nach wenigen Tagen war es gänzlich außer Zweifel, das Unglaubliche war geschehen: Bichette hatte ihren Meister gefunden, Bichette, die Tigerin, war – gezähmt.

Sie hatte diesen Beinamen nicht nur erhalten, weil er im allgemeinen auf sie zutraf, sondern weil sie ihn tatsächlich vollauf rechtfertigte: sie war ausschweifend, grausam, hinterlistig, ja oft niederträchtig und von einem unhemmbaren Hang zum Vagabondieren besessen. Sie hatte kupferrotes Haar, schwarze von bläulichem Weiß umschlossene Augen und besaß jene scharfen Farben, welche die Pariserin sich anschminkt, teilweise von Natur aus. Sie trug zu jeder Jahreszeit Rock und Bluse, selten ein Brusttuch und nie einen Hut. Ihre Stimme war, obwohl im Grunde rauh, dennoch schneidend und von seltener Suggestivität. Sie sprach nur Argot, den sie durch eine große Zahl höchst eigenwilliger Wortbildungen vermehrt hatte. Drei Männer waren ihretwegen ins Gefängnis gekommen, zwei hatten sich ihretwegen erschossen, und der unzählbare Rest ihrer Liebhaber, die sie alle nach wenigen Nächten abgeschüttelt hatte, ohne von Beschwörungen oder Drohungen sich imponieren zu lassen, wäre ausnahmslos auf das kleinste Zeichen hin, zu allem bereit, zu ihr zurückgekehrt. Sie war unter ihren Kolleginnen verhaßt, weil sie nie Geld verlangte. Die Männer drängten es ihr auf oder wertvolle Geschenke oder was sie eben hatten. Ihr Stolz war grenzenlos, ihr Hohn gräßlich, und forderte man sie nur durch ein fast unmerkliches Lächeln heraus, so raufte sie mit jedem, wer immer es auch sein mochte, und mit einer Geschicklichkeit, die sie gefährlich machte. Das, was fast jedem Weib zumindest einmal im Leben widerfährt, einem Mann, sei es auch nur für kurze Zeit, zu verfallen, war deshalb bei Bichette etwas geradezu Unglaubliches.

Es verstand sich somit von selbst, daß die Neugierde in den Montmartre-Cafés Formen heftigster Aufregung annahm. Jeder wollte die Basis dieses Verhältnisses kennen. Die kühnsten Hypothesen schwirrten über die Tische hin. Alle wurden als zu primitiv oder zu gewöhnlich verworfen;

sonderlich in Ansehung Fecs, der plötzlich in den Augen aller zu einer im höchsten Maße bemerkenswerten Persönlichkeit aufgestiegen war, von der man sich nicht nur alles, sondern vielleicht noch eines ungeahnten Letzten versehen durfte.
Die Möglichkeit, daß Fec diesen Erwartungen entsprechen könnte, war zweifellos vorhanden, gleichwohl aber noch keineswegs begründet: Bichettes Kapitulation hatte sich auf eine Weise vollzogen, die ebenso einfach war wie gewöhnlich.

Es war bei »León« gewesen, einer kleinen, nur von Kokotten, Zuhältern und verwandten Jünglingen frequentierten Brasserie auf dem Boulevard de Clichy.
Bichette war gegen vier Uhr morgens in Begleitung eines die herkömmlichen Körperdimensionen seiner Rasse beträchtlich überschreitenden Japaners erschienen, hatte an der Bar hinter einander vier Gläser Weißwein hinuntergegossen und sich hierauf gelangweilt auf eine Bank geworfen.
Der Japaner setzte sich demütig neben sie und liebkoste hündisch ihre kleine kräftige Hand.
Sie entriß sie ihm und versetzte ihm einen Stoß gegen den Kopf, so daß er beinahe zu Boden gefallen wäre.
Er blieb nun schweigend und dumpf neben ihr sitzen, die bewegungslos vor sich hin stierte.
Fec, der all das beobachtet hatte, machte, mehr aus Langeweile als aus Spott, dem Japaner ein Zeichen, zu ihm zu kommen.
Der erhob sich sofort, sehr erfreut, seiner nicht gerade schmeichelhaften Situation entgehen zu können.
Als der riesige Leib auf seinen Tisch zu sich bewegte, fiel Fec ein, daß er Bichette beleidigt hatte, und da er ihre Rauf-

lust kannte, war er neugierig auf das, was etwa folgen würde. Während er den Japaner allerlei Belangloses fragte, ließ er Bichette nicht aus den Augen.

Sie stand denn auch nach wenigen Minuten langsam auf und schlenderte, nachlässig in den Hüften sich drehend, an Fecs Tisch heran.

Der Japaner schwieg augenblicks und beglotzte scheu seine schmutzigen Hände.

Fec, doch ein wenig nervös geworden, fing an, halblaut zu singen: »J'ai une femme qui aime les animaux, ça c'est rigolo, ça c'est rigolo ...«

Bichette griff schnell und fest in seine Haare, riß seinen Kopf nach hinten, starrte ihm wütend in die Augen und zischte: »Scheinst mich nicht zu kennen ... Wer bist du überhaupt, hein?«

Da Fec, den der Haarboden heftig schmerzte, nicht antwortete, schrie sie den Japaner an: »Woher kennst du denn diesen Schnock?« (Eigene Wortbildung Bichettes.)

Der Japaner schwieg, verlegen die schmalen Lippen von den gelben Zähnen ziehend.

Bichette, welche die Bewegungslosigkeit Fecs zu verwirren begann, ließ seinen Kopf fahren. »Schlingue! ... Und du, gelber Idiot, kannst bleiben, wo du bist.« Hierauf verließ sie, die Schultern rollend, sehr langsam das Lokal.

Der Japaner wollte ihr folgen.

Fec aber hielt ihn zurück, indem er ihm, ohne besondere Absicht, lediglich einem begreiflichen Ärger nachgebend, mitteilte, wer mit Bichette öfter sich zeige, bekäme es bald mit der Polizei zu tun ...

In der nächsten Nacht saß Fec an demselben Tisch.

Gegen vier Uhr morgens kam Bichette. Allein.

Nach einer Viertelstunde winkte sie Fec, der, sehr im Zweifel über ihre Absichten, einige Sekunden verstreichen ließ. Dann sah er Bichette nochmals an. Und bemerkte um ihren Mund jenen gewissen Ausdruck, den alle Frauen haben, wenn sie einen Mann wollen. Das entschied. Er erhob sich, schob, die Hände in den Hosentaschen, auf den Fußspitzen sich durch die Tische und ließ sich, gewählt umständlich, an Bichettes Tisch nieder, ohne sie auch nur anzublicken.

Bichette rauchte, die Backen blähend, sah Fec auf die Fingernägel und sagte schneidend: »Bei mir gibts keine geholten Sachen. Merk dir das!«

Fec rührte sich nicht, während er knurrte: »Ich hatte mir gar nichts dabei gedacht.«

Bichettes Lippen warfen sich höhnisch. Dann lachte sie mit dem Atem. »Scheinst noch nicht viel gegouapt zu haben. Hast ja Hände wie ne Laus.«

Fec lächelte ein wenig. »Wenn du mit mir kommen willst, ist mirs recht. Wenn nicht, dann geh ich.«

Bichette musterte ihn kurz, aber scharf und war erstaunt, bemerken zu müssen, daß er augenscheinlich es genau so meinte, wie er es gesagt hatte. Noch zögerte sie. Ihr Stolz begann vor der Möglichkeit, es könnte eine Erniedrigung sein, sich zu regen. Dann aber warf es sie innerlich herum: gerade ihr Stolz gebot ihr, diese harte Männlichkeit so untertan zu entlassen wie alle Vorgänger.

»Eh ben«, fragte Fec, an seiner Mütze rückend.

»Bleib!«

Unterwegs ergriff Fec Bichettes Handtäschchen. »Silber?«

»Ja.«

»Ein schönes Stück.« Fec wog es in der hohlen Hand. »Fürchtest du nicht ...?«

»Taf?« Bichette blinzelte. »Bei mir nicht. Und dann … mich beroupt man nicht.«
Fec gelang es, nicht zu lächeln. Aber es zwang ihn, sich ganz von fern zu melden. »Ah, es gibt Leute, denen gegenüber sämtliche Standpunkte verfehlt sind. Meist hält man sie für naiv.«
Bichette schwieg lange. Endlich sagte sie gedehnt: »Sind es manchmal trotzdem.«
Fec räusperte sich und warf, wissend, daß er sie damit ärgerte, kurz hin: »Du liebst wohl die sogenannten feinen Kerle.«
Bichette verkniff häßlich die Lippen. »Nein.«
»Hm. Ein sogenannter feiner Kerl ist ja auch furchtbar langweilig.«
»Wie jeder.«
»Auch ein sogenannter feiner Mensch?«
»Die? Die sind ja überhaupt zum Verrecken.«
»Famos!« Fec zog lächelnd sein Halstuch fester. »Du liebst also – die Tiere.«
Bichette zuckte verächtlich die Schultern. »Schnock!«
»Übrigens habe ich mir gar nichts dabei gedacht«, sagte Fec ruhig.
Bichette spie aus.

In dem schmutzigen Aëro-Hotel in der Rue Puget bewohnte Bichette ein kleines verräuchertes Zimmer im vierten Stock.
Sie zog sich sofort aus. Und mit einer Geschwindigkeit, die jedem andern geschmeichelt hätte.
Fec befand sich noch in seiner Hose, als Bichette bereits nackt auf dem Bett lag.
Unwillkürlich betrachtete er ihren Körper.

Das Gesicht abwendend, fragte Bichette leise: »Bin ich schön?«
»Ja.« Fec zog sich aus, ohne sich zu beeilen.
Als er sich auf den Bettrand setzte, griff Bichette ihm zwischen die Schenkel und öffnete rund die Lippen.
So nahm er sie langsam und fest in seine Arme ...
Um acht Uhr morgens schliefen sie noch nicht und hatten kein Wort weiter gesprochen.
Um neun Uhr sagte Bichette mit zitternder Stimme: »Laß mich jetzt.«
Fec machte Anstalten, das Bett zu verlassen.
»Kannst hier schlafen, wenn du willst.«
Fec legte sich wortlos auf die Seite und schlief ein.

Die folgenden Tage verbrachten sie ununterbrochen beisammen. Ebenso die Nächte.
Sie sprachen fast nichts mehr. Nur von Zeit zu Zeit streichelte Bichette Fecs Hand. Oder sie spielte mit seinen Haaren. Oder mit seiner Mütze.
Am fünften Tag aber, morgens gegen neun Uhr, bekam sie einen Weinkrampf.

II

So einfach und gewöhnlich war nun die Sache doch nicht. Henri Rilcer, genannt Fec, hatte alles hinter sich. Er war mit allem fertig. Auch mit sich selber. Er lebte gleichsam vor sich einher. Ins Leere hinein.
Mit siebzehn Jahren war er acht Wochen lang der Geliebte einer fetten Jüdin gewesen, die vier braune Falten auf dem Hals hatte, sechs auf dem Bauch und drei kleine, stets unsau-

bere Kinder. Der Vorzug, konstant zu lügen, machte sie ihm, wie er ostentativ hervorhob, so liebenswert. Vor allem aber bereitete es ihm unsägliches Vergnügen, von seiner Familie sich verachtet zu sehen. Als man sich daran gewöhnt hatte, brach er das Verhältnis brutal ab. Mit achtzehn Jahren hatte er seinen Vater geohrfeigt, weil dieser im Speisezimmer, in dem nicht geraucht werden sollte, ihm eine brennende Zigarette aus dem Mund nahm. Man warf ihn aus dem Haus. Zwei Wochen war er Schreiber bei einem Rechtsanwalt. Dann veruntreute er einen kleinen Betrag und verschwand. Später tauchte er bald hier, bald dort auf. Man sah ihn häufig in den mondänen Kurorten, im Winter in Wien, London, Berlin, Rom. Er war immer elegant, fast stets allein, aber wenn er abgereist war, gab es irgendwie einen Skandal. Er war groß, schlank und hatte einen ausdrucksvollen Kopf, der einem Diplomaten ebenso gehören konnte wie einem Apachen. Mit dreißig Jahren kam er nach Paris zurück, von keinem seiner ehemaligen Freunde erkannt. Er war nun mit allem fertig. Er hatte alles hinter sich. Er trug jetzt einen saloppen grauen Anzug und ein dunkelgrünes Tuch um den Hals. Er schlief bei kleinen Huren oder in Treppenhäusern und lebte hauptsächlich von unbedeutenden Gelegenheitsdiebstählen.

Zwei Jahre führte er bereits dieses Leben. Er lebte gleichsam vor sich einher. Völlig ins Leere hinein. Bichette hatte er genommen, wie er Dutzende von Frauen genommen hatte. Und da er über Erinnerungen verfügte, neben denen Bichette wie ein kleines Nachtlicht glomm, hatte ihn weder ihre Schönheit noch ihre Wildheit erstaunt. Es war für ihn eine Gelegenheit wie jede andere, die sich ihm bot. Sie mußte sich ihm nur bieten. Er ging auf das Leben nicht mehr los. Er ließ alles an sich herankommen, ohne es halten zu wol-

len. Er hatte genug. Gegen Mittag, wenn er auf die Straße trat oder wenn er angetrunken war, wunderte er sich oft, daß er noch lebte.
Bichettes Weinkrampf hatte ihn aber doch überrascht. Nicht vielleicht, daß er ihm etwas Neues gewesen wäre; was ihn, den scharfen Beobachter und bis ins Letzte mißtrauischen Kopf, stutzig gemacht hatte, war die für seinen Blick unanzweifelbare Feststellung gewesen, daß er etwas Ungewolltes vor sich hatte, daß diese furchtbare Erschütterung zwingend war. Und war sie zwingend, so war es ein Zusammenbruch. Seine große Erfahrung sagte ihm, daß er jetzt nur nach Bichette zu greifen brauche, um sie für immer in seine Hand zu bekommen. Aber er dachte gar nicht daran, Bichette sich zu holen. Daß er es dann dennoch tat, hatte eine sehr eigentümliche Veranlassung.

Bichette war, nachdem das schreckliche Schluchzen nachgelassen hatte, nur flüchtig bekleidet aus dem Zimmer gerannt und nicht wiedergekommen.
Fec verließ schließlich das Hotel und ging zu »León« frühstücken.
Gaby, ein kokainomanes Modell, das nie zu schlafen schien, setzte sich an seinen Tisch und versuchte, ihn über Bichette auszuhorchen. »So früh auf? Also auch schon – abgeschüttelt, hé?«
Fec schwieg.
»Laß dirs egal sein. Das ist doch ihr Bluff. Damit macht sie sich doch das Renommée. Und mit dem bißchen Herumraufen.« Gaby betrachtete Fec aus kugelrunden, weißlich schimmernden Augen, die eine deutliche Geringschätzung seiner ganzen Person versuchten. »Aber du ... Warum machst du denn nichts? Leg dir doch was zurecht! Ohne

Chiqué nichts zu wollen. Man muß seine Combine haben. Schöne Dupes machen. Sonst gehts einem so hundemäßig mouise wie dir.«

Fec blies ihr den Zigarettenrauch ins Gesicht. »Ich mach mir nichts draus. Ich mach mir nicht mal aus mir was.«

Gaby schlug, gebrochen lachend, auf den Tisch. »Das ists ja eben, du Esel! Du machst nichts aus dir. Man wird doch nicht für das gehalten, was man ist. Sondern nur für das, was man den Leuten vormacht. Und auch das, was man wirklich ist, muß man den Leuten vormachen. Wie sollen sie denn sonst wissen, wofür sie einen zu halten haben, hé?«

Fec zog mit geheuchelter Lässigkeit die Lider ein wenig zusammen. »Was du da sagst, ist mir nicht unbekannt. Denn ich habe es, fast mit denselben Worten, vor vierzehn Tagen im Hotel Grelot, als wir das letzte Mal ... Aber ich habe durchaus keine Lust mehr.«

»Was für ein Esel du doch bist!« Gaby schwenkte, sehr geärgert, ihren Busen über die Tischplatte hin.

»Eh ben, wozu soll ich also den Leuten noch beweisen, was ich bin?«

Gaby lächelte verzogen. »Schad um dich.« Plötzlich griff sie nach seiner Hand. »Oder ist dir vielleicht das Coco bei mir zuwider?«

In diesem Augenblick trat Bichette ein.

Sie hatte kaum Fec erblickt, als sie schnell auf ihn zulief. Erst hart am Tisch bemerkte sie, daß Gaby, die vor Überraschung darauf vergessen hatte, Fecs Hand hielt. Wortlos setzte sie sich neben ihm auf die Bank.

Gabys Augen wurden vor Erregung naß. Dann zog sie ganz langsam ihre Hand von der Fecs, stand auf und ging. Nach einigen Schritten rief sie: »Au revoyure, 'ssieurs dames.«

Bichettes Kopf fiel höhnisch auflachend hintüber, ver-

stummte jäh und kam ruckweise wieder herauf. Ihre ausgestreckten Arme hielten unbeweglich den Tischrand. Die Nasenflügel trieben. Sie blinzelte.
Sogleich kam Gaby zurück, den Kopf geringschätzig schief geneigt, und setzte sich mit einem Satz auf den gegenüber befindlichen Tisch. »Eha, éha! ... So, so ... Also doch ... Ja, die Liebe, die Lie-i-i-iebe ...«
Bichette packte mit einem Mal Fecs Hals und stieß seinen Mund fest auf den ihren.
Gaby heulte, die Hände verkrampft im Nacken: »Eha, éha! Das ist ja abacadabrantissimo! Die Tigerin — eingefangen! Aber wer wird ihr jetzt zu fressen geben, hé?«
Ein Stuhl schlug knallend nieder: Bichette war aufgesprungen. Und schon warf sie sich, die Fäuste vor der Brust, auf Gaby und biß sie so fest in den Handballen, daß sie gell aufschreiend vom Tisch zu Boden glitt.
Als Gaby, das Gesicht schmerzverzerrt, wutbebend sich aufrichtete, hatte Bichette ein Messer in der Hand.
Jean, der Kellner, packte Gaby von hinten um die Arme und preßte seinen Kopf zwischen ihre Schultern.
Fast gleichzeitig entriß Fec Bichette das Messer, hob ihr Handtäschchen auf und zerrte sie auf die Straße.
Draußen fühlten beide von einander, daß sie jetzt lange schweigen würden ...
In der Rue Démours blieb Bichette vor einem kleinen Konfektionsgeschäft stehen.
Eine gelbe Wollkappe, die in der Auslage hing, gefiel Fec sehr. Er trat in den Laden, kaufte sie und setzte sie Bichette, die über alle Maßen verwundert, auf der Straße wartete, schief und reizvoll verdrückt auf die wirren Haare. Dabei fiel ihm zu seinem Erstaunen auf, daß er das lediglich in einer heftig aufwallenden fröhlichen Stimmung, ohne jede

besondere Überlegung getan und den langen Weg vom Montmartre bis zum Etoile neben Bichette in einem Zustand gleichsam stumpfer Befriedigung zurückgelegt hatte. Er rieb sich mit dem Handrücken das Kinn. Alles schien ihm plötzlich unbegreiflich.

»V'lan, sie paßt sogar.« Bichette wand und drehte sich vor dem Spiegel neben dem Laden. Als sie endlich weiterging, lächelte sie Fec zu. Es war ihm, obwohl er minutenlang darüber nachgrübelte, unmöglich, zu entscheiden, wie.

Da faßte Bichette ihn am Ärmel und zog ihn, der so verdutzt war, daß es ihm gar nicht beifiel, sich zu sträuben, in eine Bijouterie.

Sie leerte ihr Handtäschchen auf den Ladentisch aus, stopfte die Schächtelchen, Stifte und Büchsen in ihre Bluse und fragte rasch: »Wieviel geben Sie mir für diese Tasche?«

Der Bijoutier prüfte sie sorgsam mit einer großen Lupe, spitzte schließlich die blassen Lippen und lispelte: »Zweihundert.«

»Dreihundert!« forderte Bichette schneidend.

Der Bijoutier machte Einwendungen, schwatzte, da man ihm nicht antwortete, einige Zeit und warf schließlich, zweifelnd brummend, die Tasche in seinen Kassenschrank.

Bichette entriß ihm fast die Banknoten, die sie augenblicklich Fec in den Westenausschnitt schob.

Der Bijoutier wagte es nicht, zu lächeln. Er öffnete eigenhändig und höflich die Ladentür.

Auf der Straße stellte sich Bichette, die Hände in den Haaren, schnell vor den Ladenspiegel. »Das ist die erste, die mir gefällt.«

Fec, der jetzt zu begreifen begann, sagte, nur um sich reden zu hören: »Es ist englische Wolle.«

»Hein? ... O, ich finde sie einfach riche.« Bichette nahm seinen Arm unter die Achsel und zog ihn so hinter sich her.
Fec näßte seine trockenen Lippen. Ein jäher Zorn quoll auf in ihm, weil er ihr Gesicht nicht sehen konnte. Er blieb stehen. »Bichette!«
Sie wandte sich sofort um und wunderte sich, daß er stehen geblieben war. Immer noch seine Hand in den Händen, trat sie dicht vor ihn hin. So dicht, daß er sein Gesicht in ihren Pupillen erblickte.
Fecs Stirnhaut zog sich faltig unter den Mützenschirm, während er halblaut zwischen den Zähnen hervorstieß: »Was soll denn das alles! Seit heute morgen machen wir nichts als Dummheiten.«
Bichette ließ seine Hand los und trat einen Schritt zurück. Ihr Gesicht wurde kleiner. »Warum nicht.«
»Ich liebe dich nicht.«
Bichettes Lippen höhnten. »Ich dich auch nicht ... Aber ich kann nicht mehr — leer laufen.«
»Leer laufen?« Fec versuchte, sich ihren Blick zu fangen.
»Ja. Ich muß etwas haben.« Bichette zog schnell seinen Leib an sich. »Das alles sind Dummheiten, ich weiß es. Glaub doch nicht, daß ich ... Bah, das mit Gaby, das war nur Stolz, Wut, Eitelkeit, was weiß ich ... Und das heute morgen, das war ... Eben weil ich nicht mehr leer laufen kann. Und du, das weiß ich ganz genau, du läufst ja auch leer. So wie du lebst, das ist doch Blödsinn. Schlaß ist das. Absolut schlaß. Und ich kann einfach nicht mehr so daherleben, so ... Das ist ... Blödsinnig ist das. Ich sage ja nicht, daß wir uns irgendwas vortrillern sollen, irgend so was wie diese zuckrigen Claqueweiber da mit ihren Marlous. Das ist von hinten herum ja doch wieder louche, diese alberne Räuberspielerei, dieses ekelhafte Liebesgetue und Blickgetürm und diese ver-

logenen Roheiten, diese Gewerbetreibenden mit Herz und Hintern und … Schlingue! Ich hab den ganzen Jus bis dorthinaus! Mir soll noch einer kommen! Du hast ja meine beiden Narben gesehen. Spaß, wenn *ich* losgeh … Aber das ist ja schließlich *auch* nichts. Wie alles. Ich halt es einfach nicht mehr so aus. Basta.« Sie stieß Fec von sich und stierte auf eine Laterne.

»Wie alt bist du?«

»Achtundzwanzig.«

»Schon?«

Bichette lächelte sonderbar, nahm seinen Körper in den Arm und ging weiter mit ihm.

III

Als sie, einer plötzlichen übermütigen Laune folgend, in einem vornehmen Restaurant der Avenue des Ternes déjeunierten, fragte Bichette, das Weinglas an den Lippen: »Warum hast du mir eigentlich diese Kappe gekauft?«

Fec fluchte innerlich darüber, daß er errötete. »Ich … Das kam so ganz von selber… Vielleicht auch, weil ich … Nein, ich weiß es wirklich nicht.«

Bichettes Augen verdunkelten sich genießend. »Ich glaub es dir. Ich glaub es dir, weil du rot geworden bist.«

Die Zähne Fecs begannen zu mahlen, während er langsam den Blick hob. »Hör, Bichette, ich habe das Geld … Ich habe Geld von dir genommen, noch bevor ich wußte, was du vor der … was du nach der Bijouterie … was du eben dort gesagt hast. Als ob ich das schon gewußt hätte … daß du so denkst. Das hat mir nämlich sehr gefallen. Ja, das Leerlaufen ist blödsinnig. Wenn man nichts mehr haben

will, wenn man nichts mehr machen will, geht man besser um die Ecke, in den Duft. Aber bei mir war das anders. Das ist schon seit zwei Jahren so. Vorher habe ich sehr viel gemacht. Bis ich eben alles satt hatte. Alles. Alles. Alles. Da war dann das Leerlaufen geradezu Wollust für mich. In den letzten Wochen aber hatte ich auch das satt bekommen. Freilich, ohne es mir einzugestehen. Was dein Weinkrampf heute war, das weiß ich. Eh ben, wenn du es wissen willst: daß ich dir die Wollkappe kaufte, das war für mich genau dasselbe wie für dich der Weinkrampf. Damit, mit solchen Selbstüberraschungen warnt man sich. Davor nämlich, daß es nicht mehr so weitergeht. Ich habe jetzt die Wahl — in den Duft ... oder — wieder etwas zu wollen, wieder etwas zu machen.«
Bichette bekam mit einem Mal ein ganz verstörtes Gesicht.
»Ja, Fec, ja, Fec, machen wir doch etwas! Etwas Neues! Etwas ganz Neues! ... Machen wir doch — *uns*!«
»Uns — machen?« Fec erstaunte bis in die Lippen.
Bichettes Hände fingerten wie irr den Rock hinab. Ihre Augen flackerten.

Sie hatten ohnehin ein wenig Aufsehen erregt. Man ist zwar in Paris an sehr vieles, das andernorts Zusammenrottungen verursachen würde, schlechtweg gewöhnt; ein höchst nachlässig gekleidetes Paar aber fällt in einem erstklassigen Mode-Restaurant auch in Paris auf. Ihre Gesichter, die in diesem Milieu sofort sozusagen dominierten, und das sichere Auftreten Fecs hatten den Maître d'Hôtel jedoch schnell entwaffnet; die Lebhaftigkeit ihrer Unterhaltung, welche durchaus gegen die Lokalusancen verstieß, besonders das überaus kräftige Mienenspiel Bichettes hatten dann aber neuerdings unliebsame Aufmerksamkeit hervorgerufen.

Der Tischkellner pirschte sich geschickt heran und schob, ein sehr deutlicher Wink, den kleinen Teller mit der zusammengefalteten Note auf den Tisch.
Als er sich, etwa drei Schritte entfernt, aufgestellt hatte, rief ihn Fec. »Wenn der Maître d'Hôtel sich nicht augenblicklich entschuldigt, werde ich dem Direktor meine Karte schikken.«
Der kleine Teller verschwand im Nu.
Der Maître d'Hôtel kam eiligst und entschuldigte sich devot. Fec würdigte ihn keines Blickes.
Sämtliche Anwesende gaben sichtlich ihre feindselige Haltung auf.
Bichettes Lippen bewegten sich fest auf einander. Ihre Augen waren halb geschlossen, während sie leise sagte: »Fec, wir machen uns.«
Fec lachte ungeniert aus vollem Hals.
Dieses scheinbar pöbelhafte Triumphieren mißfiel einem Herrn, dessen Spezialität es vermutlich war, Saloncourage zu zeigen. Er schritt, sich selbstgefällig in den Knien wiegend, auf Fec zu und fragte ihn sehr laut, wann der Rapide nach Angoulême* abgehe.
Fec erblaßte. Seine Finger erzitterten. Aber er fühlte penetrant, daß es komisch wäre, diesen Laffen zu ohrfeigen. Sein Gehirn tobte.
Plötzlich erhob er sich, und seine Stimme war überall zu hören, als er in korrektem Französisch und mit liebenswürdigster Betonung antwortete: »Gehen Sie durch diese Tür dort und dann quer über die Straße in jenes Reisebureau, wo man Ihnen sicherlich so höflich Bescheid sagen wird wie einem gebürtigen Angoulêmer.«

* Das französische Posemuckl.

An allen Tischen beschäftigte man sich miteins heftig mit den Speisen.
Ein sehr alter Herr näherte sich Fec, ein Glas Wein in der Hand, und stieß mit ihm an. Und eine junge hübsche Dame rief aus dem Hintergrund des Saales: »Bravo!«
Bichette atmete nicht.
Fec verlangte jetzt die Note.

Sie fuhren im Taxi, die Zungen in einander verwühlt, auf den Montmartre zurück. Vor das Aëro-Hotel. Bis sieben Uhr abends lagen sie im Bett.
In der Liberty's Bar auf der Place Blanche nahmen sie, viel bemerkt und deshalb vergnügt schweigend, den Apéritif; aßen dann aber in einem kleinen Bouillon der Rue Lépic.
Gegen elf Uhr erschienen sie auf dem Tanzboden der Moulin de la Galette. Sie ließen keinen Tanz aus. Sie tanzten bis vier Uhr morgens. Mit einander.

Bei »Léon« war es »grün«, als sie eintraten. Nur hinten in einer Ecke saßen zwei alte Weiber.
Jean kam, verschlafen und grunzend, einhergeschwenkt. Als er Fec erkannte, lächelte er wissend. »Aber gebt acht! Die Gaby ist wütend.«
»Weißt du etwas?« fragte Bichette verdrossen.
»Wieso. Ich würds euch doch sagen.«
Bichette war müde. Fec angetrunken.
Sie lehnten, gegen einander gesunken, auf der Bank und lächelten unbestimmt. Bichettes Lächeln zerfiel langsam und blieb nur noch um die Augen liegen. Das Fecs zog sich ruckartig über das ganze Gesicht und wurde schließlich häßlich und steif.
Dann räusperte er sich mehrmals, wobei die Finger seiner

rechten Hand wirr in die Luft stachen. »Ha, nur eine Frau, die am offenen Fenster wäscht, wird nie hineinfallen ... vorausgesetzt, daß das nicht ihr Truc ist. Aber auch wenn es nicht ihr Truc ist, kann sie hineinfallen, denn es ist kein übler Truc, keinen zu haben. Du verstehst mich, Bichette ... Ich habe übrigens bemerkt, daß die Langeweile die Leute schärft und daß ein Beefsteak verblödet. Es steckt immer etwas dahinter. Um zu reüssieren, mache man also die Leute vorerst scharf. Sie verblöden hierauf, und vollgefressen erwischt man sie. Worauf man sie hat. Indem man sich hinter sie steckt. Denn es steckt nichts dahinter. Oder sollte man sich darüber wundern, daß alle Damen fette süße Speisen lieben und ... und ... Konfekt ...?«
Bichette spitzte bösartig die Lippen, setzte sich knurrend auf und riß ihre Hand aus der Fecs. »Schnock!«
»Eh ben.« Fec warf sich auf ihre Hand und zerrte sie zu sich heran.
»Laß mich los!« Bichette stieß mit den Füßen nach ihm.
»Dageblieben!«
Bichette versuchte, in seine Hände zu beißen, und spuckte, als es mißlang, ihm mitten ins Gesicht.
»Crotte!«
»Laß mich los!« Bichette machte eine letzte rasende Anstrengung, um sich zu befreien.
Aber Fec ließ nicht locker. »Aus einem papierenen Lichtschirm ...«
»So laß mich doch los«, wimmerte Bichette zusammensinkend.
»Aus einem papierenen Lichtschirm, der an drei Seiten angebrannt war, machte sie sich mit sechzehn Jahren einen Hut, der ihr den ersten reichen Freund verschaffte. Ja, so ist das Verkehrsleben ... Hör, Bichette, das war aber nicht

meine süße Wäscherin aus der Rue Nollet. Die hab ich ganz furchtbar geliebt. Wenn ich sage – geliebt, so heißt das … Sie hatte etwas in den Augen wie du. Crotte alors! Anders. Aber vor ihr ging es mir gut. Ich konnte reden. Reden. Reden. Reden. Fast so wie jetzt. Und wenn ich mit ihr Arm in Arm im Bois spazieren ging, war mir wohl. Crotte! Selbstverständlich war mir nicht wohl. Aber bei ihr fühlte ich wenigstens schon irgendwie, warum mir nicht wohl war und nie wohl sein würde … Hör, Bichette, ich liebe auch dich nicht. Ich habe nie, nie, *nie* in meinem ganzen Leben jemanden wirklich geliebt. Warum? Das ist ganz außerordentlich leicht zu begreifen: weil ich sonst ein entsetzliches Rhinozeros gewesen wäre … Aber du hast recht, Bichette, auch ich halte es einfach nicht mehr so aus. Es muß etwas geschehen. Es muß etwas gemacht werden … Eh ben, Bichette, ich weiß, was zuerst geschehen muß, was zu allererst gemacht werden muß. Errätst du es? Ja, wir werden uns machen. Du warst ingeni … ingeniös. Hör, Bichette, wir müssen uns – *lieben*! Das muß – *gemacht* werden. Das ist ganz außerordentlich einfach, wenn man so genau und sicher weiß wie wir, daß es durchaus unmöglich ist, einander zu lieben … Du verstehst mich, Bichette … du …«
Bichette wischte ihm die Lippen mit der Hand trocken. »Fec, ich bitte dich, komm! Gehn wir doch schon!«
Fec stieß sie unwirsch von sich. Plötzlich packte er ihre Ellbogen, preßte sie nach hinten und fauchte ihr ins Gesicht: »Bichette, hörst du, ich liebe dich … Und du liebst mich … Abgemacht?« Speichel rann ihm aus den Mundwinkeln.
Bichettes Kopf fiel müde auf seine Schulter.
Da schrie Fec ganz leise auf ihren Mund: »Sag mir sofort, daß du mich liebst! Daß du mich immer lieben wirst! Daß du es wollen wirst!«

Bichettes Kopf sank noch tiefer. Dabei sagte sie langsam und laut: »Ja, Fec, ja, Fec, ich ...« Und mit einem Mal brüllte sie auf: »Abgemacht!«
Fec grölte, ließ sie fahren und soff.

Der kleine Pimpi, von dem man nicht wußte, wie er in Wirklichkeit hieß, lehnte bereits seit einiger Zeit beobachtend an der Bar und setzte sich nun neben Fec, in der Absicht, beruhigend zu wirken. Er war der einzige gewesen, der Fec weder für harmlos gehalten hatte noch für einen Trottel.
»Kinder, seht ihr aus wie gesogen aus den Pfoten, jo. Wo hat ihm stattgefunden?« Pimpi lachte in einer überaus angenehmen Art.
Fec riß eine Grimasse. »Trink! Und tu etwas für deinen Namen!«
»Warst du in England. Habe ich gezweifelt nicht sehr, verehrtem Meister.«
»Aber ich.« Fec gurgelte mit Wein. »Man soll nie genau wissen, was einmal los war.«
»Jo. Bin ich sehr für schlechtem Gedächtnis aus berufswegen.«
»Großer Pimpi, wo ist dein Büchsenfleisch ... wo ist ...« Bichette legte sich über den Tisch und beide Hände auf Pimpis Arm. »Hilf mir, ihn fortzubringen.«
Pimpi, dessen Ohren sich leise bewegten, blickte teilnehmend sachlich. »Wo wohnt ihm?«
»Kaum zwei Zigaretten weit«, sagte Fec so ruhig, daß beide verwundert schwiegen.
Da stand mit einem Mal der herkulische Körper des Japaners breitspurig vor dem Tisch. Seine Fäuste waren in den Hüften aufgestemmt, die grünlich schillernden Äuglein unverwandt auf Fec gerichtet.

Bichette suchte ihr Messer. Sie grinste wütend, als ihr einfiel, daß Fec es eingesteckt hatte.
Pimpi, der nicht orientiert war, begrüßte den Japaner, den er für besoffen hielt.
Der versetzte ihm mit gesteifter Hand einen wuchtigen Swing unterhalb des Ohrs auf den Hals, so daß Pimpi ohnmächtig zu Boden sank.
Bichette fuhr mit einem kleinen durchdringenden Schrei empor und blieb, am ganzen Körper zitternd, stehen.
Fecs Augäpfel traten weit hervor. Sein Kinn zuckte merkwürdig, während er schnell mit der Linken auf den Tisch wies.
Als der Japaner, den Kopf ein wenig vorneigend, hinsah, ergriff Fec sein volles Weinglas und goß ihm den Inhalt in die Augen. Fast gleichzeitig warf er den Tisch um, legte sich an die Wand zurück und stieß seinen rechten Fuß mit solcher Gewalt auf den Magen des Japaners, daß dieser stöhnend nach hinten taumelte und besinnungslos über einen Stuhl fiel.
Fec, der durch die Wucht seines Stoßes zu Boden gestürzt war, sprang auf, rief dem feixend herbeieilenden Jean zu, Pimpi wegzuschaffen, bevor der Japaner zu sich käme, und rannte mit Bichette hinaus.

Fec hatte die feuchte Morgenluft fast nüchtern gemacht; Bichette, die sich sogleich von ihm losgerissen hatte, eigenartig verbissen. Auf ihre Füße blickend, folgte sie ihm in einem Abstand von drei Schritten.
Fec nahm ein Zimmer in dem schräg dem Aëro-Hotel gegenüber liegenden Hotel Puget, da er befürchtete, der Japaner würde nicht lange auf sich warten lassen.
Bichette warf sich todmüde über das Bett.

Fec lehnte sich an den Schrank und streichelte schmatzend seine Wangen. ›Wie angenehm es wäre, wenn jetzt das Haus zusammenstürzte‹, dachte er flüchtig und lächelte darüber.
Die Straße herauf zog das Rumpeln eines schweren Karren. Das ganze Zimmer begann zu zittern. Fec preßte, gequält atmend, die Hände auf die Ohren.
»Hältst dir die Ohren zu, wenn ich mit dir rede?« schrie plötzlich Bichette und setzte sich zornsprühend auf.
Fec ließ, matt grinsend, die Hände sinken. »Nein. Das tat ich wegen ...« Er wies mit dem Kopf kurz nach dem Fenster. »Aber, was hattest du mir denn gesagt?«
Bichette blickte mit stolzer Ausdruckslosigkeit an ihm vorbei auf die Wand. Dann bewegte sie höhnisch eine Achsel und ließ den Kopf auf die Kissen fallen.
Fec war es, als hätte er ein paar Sekunden lang gefühlt, was sie ihm nicht hatte wiederholen wollen. Aber es gelang ihm nicht, sich dieses Gefühls zu erinnern. Dennoch versuchte er es immer wieder. Er stand so lange am Schrank, bis ihm die Augen brannten.

IV

Gegen ein Uhr nachmittags wurden sie durch Pimpi geweckt.
Fec, sich schnell ankleidend, öffnete ihm verwundert. »Wie kommst du hierher?«
»Loute hat gewußt dem Adresse.« Pimpi legte eine große Ledertasche und einen nicht weniger schäbigen Handkoffer auf den Tisch, setzte sich vergnügt und wackelte, die Hiebstelle liebkosend, empört mit dem Kopf.

»Dieses Hotel?« fragte Fec verblüfft.
»Dem Aëro. War es Gaby, welche hat aufgehetzt dem Japaner.«
Bichette rieb sich mit einem Zipfel der Bettdecke die Augen und schob sich hoch. Als sie Pimpi und ihre Koffer erblickte, trat in ihr schlaffes, unausgeschlafenes Gesicht ein erschreckender Ausdruck des Erstaunens.
Dadurch erhielt auch der Blick Pimpis denselben Ausdruck.
Fec rührte sich nicht, so gespannt beobachtete er: etwas Besonderes schien sich zu begeben.
Da lachte Pimpi sein beliebtes Negerlachen, das er geradezu vorbildlich beherrschte. »Kinder, ist das gar nicht sehr wichtig, dem alles ... Nichts hat passiert, Bichette, gar nichts ... War ich soeben im Aëro. Dacht ich mir schon, daß du warst schlau und hast gewechselt, schöner Mädchen. Und weiß ich, wie sehr, sehr Damen ihrem sieben Sachen brauchen, also hab ich ... Aber war es mir sehr angenehm, daß war bezahlt worden, denn anderem Falls ... et etcetera et etcetera. Kennt mich der Pariser? Er kennt mich.«
»Merci.« Bichettes Gesicht, das sich mühsam gespannt hatte, erschlaffte wieder. »Da können wir ja vorderhand hier bleiben, Fec.«
»*Wir?*« Pimpis Finger zuckten und verließen die Knie. »Bitt ich pardon, aber war ich doch nicht sehr sicher.«
Fec lächelte verstehend. Dann sah er Pimpi aufmerksam an.
Dessen Kopf begann von neuem zu wackeln. Sein vorzeitig gealtertes Gesicht suchte sichtlich nach einem passenden Ausdruck.
»Also, Pimpi, du bist ja ein ganz blöder Kerl.« Fec schneuzte sich.

Pimpi brummte etwas, wovon nur das Wart ›Hering‹ zu verstehen war.
Hierauf meinte er lustig: »Jo, ohne blöder Leute wäre gar nicht sehr hibsch auf dem Welt.«
An Pimpi vorbei, vor dessen Ohr er mit den Fingern schnalzte, ging Fec zum Fenster, das er öffnete.
Bichette, die jene Geste gesehen hatte, verzog spöttisch den Mund.
Da sprang Fec vom Fenster zurück. »Der Japaner ist unten.«
»Wo?« Bichette rutschte mit einem Ruck an die vordere Bettstelle.
»Zurück!« Fec preßte sich hinter den Fenstervorhang. »Ich kann ihn von hier aus unbemerkt beobachten ... Hast du drüben gesagt, Pimpi, daß sie kein Wort ...«
»Jo, ich auch.« Pimpi drehte sich nervös eine Zigarette. »Wird es vielleicht sein sehr gut, zu vermeiden einiger Zeit dem Landstraße und zurückzugehen in dem Wälder. Und noch dazu ...«
»Er weiß augenscheinlich nicht, was er tun soll.«
»Und noch dazu ...« Pimpi mißlang es, ein harmloses Gesicht zustande zu bringen. Mit dem Zeigefinger schichtete er, fast scheu, seine in die Stirn gekämmten pomadisierten Haare. »Weißt du, Bichette ... der Goux, der Laroche, der Cauler et etcetera, war da weiter nichts dabei, wenn warst du allein. Aber jetzt ... das ist anders, sehr anders, bitt ich zu glauben. Dann der Harry. Kennst du ihn doch. Und dann erst der Ralix, dem Hund. Kommt er in drei Tagen heraus, jo.«
»Er geht die Straße hinunter.« Fec, der alles gehört hatte, setzte sich auf den Tisch, Bichette beobachtend, die unbeweglich zu Boden sah.

»Oder, Bichette, geh allein weg ... einiger Zeit.« Pimpi ärgerte sich aber sofort über diesen Vorschlag. Deshalb schmiß er die Zigarette in den Eimer, daß es aufspritzte, und reichte Fec und Bichette energisch die Hand. »Gefällt mir sehr von dieser Hering. Legt er schwerem Japaner um und meckert keiner Silbe daherüber und nicht über meinem Berührung von dieser gelber Aff.« Er nahm seinen Hut von dem Blechleuchter. An der Tür wandte er sich um. »Wenn braucht ihr was, aber keinem Münze, der kleiner Pimpi immer schläft er noch bei Fécamp. Also good by.« Er warf die Tür hinter sich zu.
Von der Treppe her erscholl sein Negerlachen.

»Ich glaube nicht, daß Gaby den Japaner aufhetzte«, sagte Fec nach einer Weile.
»Wie sie mich reizte, das war gar nicht so guips.«
»Eine Art weiblicher Pimpi.«
»Nur nicht so aufrichtig.«
»Ich sagte ja auch – weiblicher ...«
Bichette packte Fec an den Schultern, stieß ihn auf einen Stuhl nieder und schmetterte ihm in die Augen: »*Was* willst du damit sagen, hein?«
Fec schwieg geringschätzig, die Hände in die Hosentaschen steckend.
»Du glaubst, daß ich mit Pimpi ...«
Fec blickte gleichgültig zur Seite.
»Das ist aus. Längst. Oder glaubst du, daß ich allerhand verheimliche ...?«
Fecs Lippen spielten mokant. »Hab ich nach etwas gefragt?«
»Antwort will ich! ... Nein, aber du tatest so, als ob ich ...«

»Was soll denn das alles!« Fec machte eine unwillige Kopfbewegung.
Bichette, deren Augen nicht von seinem Gesicht wichen, packte ihn fester. »Oder glaubst du vielleicht, daß ich …«
»Ich glaube gar nichts. Das war nie meine Schwäche.«
Bichette schluckte und ließ seine Schultern los. Sie hakte ihren über und über verknitterten Rock auf, streifte ihn ab und stieg heraus. Dann stellte sie das Lavabo auf den Stuhl und goß in weitem Bogen Wasser ein. »Fec, ich weiß nicht, ob du dich noch erinnerst, was du gestern … heute morgen bei ›Léon‹ … Bitte, reich mir das Handtuch! … Du erinnerst dich?«
»Ja.«
»An jedes Wort?«
Fec, der seine Schuhe putzte, nickte.
Bichette beendete schweigend ihre Toilette.
»Warum fragtest du?« Fec betrachtete ihre starken steilen Beine.
»Couçi couça.« Bichette zog ihre schmutzige Bluse aus, warf sie zu Boden, ließ ihre kurze Seiden-Combinaison fallen und stieg auf die Kommode, um ihren Akt im Spiegel sehen zu können.
Fec wurde ärgerlich. »Ich war besoffen.«
»Scheinst dich zu entschuldigen.« Bichette hatte sich ihm schnell zugekehrt. Als sie ihn fast verwirrt dastehen sah, sprang sie höhnisch lachend herunter. »Er entschuldigt sich! Schlingue!«
Fec lächelte widerwillig. »Muß ich das nicht?«
Bichette ließ eine Schnur um ihre Hand spielen. Die andere liebkoste ihre Brust. »Nein.«
Fec erstaunte. »Wirklich nicht?«
»Nein.« Bichettes Augen umglitten ihn forschend.

»Wirklich?«
»Nein.« Ihre Augen blieben mit einem flachen Ausdruck stehen.
Fec wurde so neugierig, daß er unsicher lachte. »Eh ben, dann ist es also abgemacht?« Eine peinigende Verlegenheit die ihn ganz unvermittelt überfiel, kaum daß er die Frage getan hatte, zwang ihn jedoch, Bichettes Blick zu meiden.
Bichette rieb achtlos ihre Nägel. »Ja. Aber ...«
»Aber ...?«
»Ich ... ich weiß doch nicht ...«
»Was?«
»Nicht ganz ...«
»Was!«
»Wie du ...«
»Was denn, zum Teufel!«
»Wie du dir das alles denkst ... wie ...«
»Du bist nicht aufrichtig.«
»Hein? Nicht aufrichtig?«
»Ja.«
»Schlingue!« Bichette hieb mit der Faust auf den Tisch, daß es krachte, und begann, ununterbrochen halbe Worte ausstoßend, wild darauf herumzukramen. Endlich fand sie den Schlüssel, sperrte die Ledertasche auf und warf Ketten, Armbänder, Colliers und Etuis kunterbunt auf den Tisch. »Da, da, da, da ...« Ihre zuckenden Finger rissen die Etuis auf und leerten sie aus wie Tüten. Ohrgehänge und Brillantringe rollten umher. Einiges fiel zu Boden. »Glaubst du, du ... daß ich diesen Létsch da mag? Kein Mensch hat mich noch so was tragen sehen.«
Fec trat auf sie zu, versetzte ihr, von einer Wut gepackt, die ihn selbst dumpf erstaunte, einen Faustschlag auf die Schulter und schleuderte sie aufs Bett.

Bichette schnellte mit tierischer Behendigkeit hoch.
Und schon rauften sie. Bösartig. Verbissen. Keuchend. Aber sie schlugen einander nicht ins Gesicht.
Ein ganz heller, spitzer Schrei, der ihm gefährlich klang, ließ Fec zurückfahren.
Bichette stand schwer atmend da. Ihre Arme hingen wie in allen Gliedern gebrochen. Ihre schwarzen Seidenstrümpfe waren zerrissen. Ihre rot gewordenen, zerkratzten Brüste zitterten. Ihr Gesicht war erdfahl. An einem ihrer Halbschuhe fehlte der Absatz. Sie begann zu taumeln.
Fec, fast erschrocken, umfaßte sie mit beiden Armen und legte sie vorsichtig aufs Bett. »Was hast du ... Was ist ...«
Bichette bewegte verneinend ein wenig den Kopf. Dann drückte sie die Hände langsam auf Fecs Wangen, zog ihn zu sich nieder und küßte lange und heiß in seinen Mund hinein.

Nachher kleideten sie sich schweigend an.
Nach einigem Zögern hob Fec die Bijous auf, legte sie sorgsam in die Ledertasche, schloß diese ab und wollte eben den Schlüssel daneben auf den Tisch legen, als es ihn zwang, zur Seite zu blicken.
Bichettes Augen waren lauernd auf ihn gerichtet.
Fec steckte, die Achseln zuckend, den Schlüssel ein.
Bichette lachte unbestimmt und umhalste ihn. »Aber sag mir jetzt, warum ich nicht aufrichtig war.«
»Nicht, weil du nicht weißt, wie ich mir das alles denke, sondern ... Crotte, wozu auch ...« Fec machte sich unwillig los.
»Sondern ...« Bichette stampfte mit dem Fuß. »Ich will es wissen. Also ... sondern ...«
»... sondern weil du fürchtest, du könntest es vielleicht nicht

durchführen.« Fec wußte nicht, weshalb er das überhaupt sagte.
Bichette trat von ihm weg. »Vielleicht.« Ihr Körper zog ihre Hand von Fecs Schulter. »Aber ich versichere dir, daß es nicht ganz so war. Auf jeden Fall muß das alles noch genau besprochen werden. Dann werde ich schon wissen, ob ich es kann. Aber glaub nur nicht, daß ich schwach bin oder nicht aufrichtig. Ich hab noch immer alles herausgekotzt.«
Fec unterließ ein kaum begonnenes Lächeln, als er sah, wie Bichettes Augen flogen.
»Wir müssen uns jetzt schnell entscheiden, Fec.« Bichette begann sich hastig zu schminken. »Pimpi hat recht. Es ist das Beste, zu verschwinden. Wenigstens für einige Zeit.«
»Hm. Wie wärs mit — Bagnolet.« Fecs Stimme klang übelgelaunt.
»Ausgeschlossen.« Bichette scheitelte mit den Fingern ihr herrliches Haar und warf es mit einem Ruck des Kopfes nach hinten. »Paris bleibt Paris.« Sie puderte sich so heftig Brust und Nacken, daß eine weiße Wolke sich um sie erhob. »Nizza. Was meinst du?«
»Nizza? Eh ben.« Fec wurde jedoch nervös, weil er zugestimmt hatte, wiewohl es weder erwogen war, noch seinem Gefühl nach wirklich unausweichlich. »Da liegt ja noch ein Armband.«
»Verkaufs.« Bichettes Hände hasteten vor dem Spiegel an ihrem Kopf. »Und komm rasch wieder.« Sie puderte sich, vorsichtig tupfend, Nase, Wangen und Stirn. »Es reicht ja sonst doch nicht.« Sie korrigierte mit der Zungenspitze die Schminklinien der Lippen. »Inzwischen esse ich hier. Arthur holt mir schon was.« Sie wandte sich lächelnd um. »Bin ich schön so?« Ihr Lächeln floß triumphierend durchs ganze Zimmer.

»Ja.« Fec schloß den Rock und schlang sich das Tuch um den Hals.
Bichettes Gesicht verbitterte sich. »Du sagst das so ...«
»Du weißt es doch.« Fec zog ein gelbes Päckchen aus der Tasche und zupfte eine Zigarette heraus.
»Also geh schon!«
Fec rauchte lässig. »Willst du so lange hier warten?«
»Hast wohl den gelben Affen schon vergessen?« Bichette setzte sich, an den Fingern zerrend, aufs Bett. »Aber beeil dich! Und gib acht! Zeig dich nicht unnötiger Weise!«
»Ich geh in die Rue du Temple. Der alte Chabert zahlt am besten. Aber er lamentiert. Das dauert.« Fec öffnete mißmutig die Tür.
»Fec!« Bichette sprang auf, warf sich ihm an den Hals, streichelte seinen Kopf und reichte ihm die offenen duftenden Lippen.
Fec küßte sie langsam und so lange, wie sie wollte. Dann ging er wortlos. Als er auf die Treppe trat, war ihm alles gleichgültig.
»Halt-là!« rief Bichette ihm durch die Tür nach. »Zwei Röcke sind noch drüben. Und drei Paar Schuhe.«

Es war dunkel geworden, als Fec, leicht angetrunken, zurückkam.
Bichette lag am Boden, auf dem Bauch, trank Wein und rauchte.
Fec stieg über ihre Beine hinweg.
»Du bists.« Bichette drehte lächelnd den Kopf nach oben.
Fec warf ihre Röcke aufs Bett, die Schuhe zu Boden. »War jemand da?«
»Wer soll denn dagewesen sein.« Bichette drückte die Zigarette auf der Diele aus.

»Ich frag doch nur.« Fec ließ sich müde aufs Bett fallen.
»Wieviel hast du?«
»Fünfhundert.«
»Also wir fahren.« Bichette stemmte sich hoch. »Du riechst nach Regen.«
»Ja, es regnet.«
Bichette trat dicht neben ihn hin und sah ihm ins Gesicht.
»Und nach Cric.«
»Crotte alors!« Fec stand auf. »Fahren wir doch sofort.«
»Darauf warte ich doch nur, du ... Rhinozeros.« Bichette kniff ihn neckisch in beide Wangen und spuckte ihm dreimal auf die Lippen.
Der Nacht-Rapide ging in vierzig Minuten ab.
Der Koffer war im Nu gepackt ...
Kaum daß das Taxi sich in Bewegung gesetzt hatte, sprang Bichette, wie von einem plötzlichen Rausch erfaßt, Fec auf die Knie, preßte ihm die Hände fest auf den Kopf und sagte in lustbebendem Flüsterton: »Fec, jetzt gehörst du mir. Mir allein. Und ich gehöre dir. Dir ganz allein. O, das haben wir fein gemacht! Und wir werden alles machen. Alles. Ich hab dich ganz genau verstanden. Und auch du hast mich ganz genau verstanden. Wir werden uns nichts vortrillern. Wir werden sap bleiben. Wir werden uns nichts vormachen. Wir werden *alles* machen. Hart und klar machen, ja, machen, machen ... machen, macheln, maffeln, maffeln, maffeln, maffeln ...«
Es war, als stopfte sie in dieses vergewaltigte Wort alles, was sie an Willen besaß.
Fec, völlig mitgerissen, roch mit unsäglichem Genuß ihren Atem. Er zitterte, als er ihren Namen aussprach: »Bichette ... Ja, das, was die andern schwächt und schließlich doch gegen einander bringt und unter die Pfeifen, das soll

uns eine ganz ungeahnte Kraft geben. Die größte Kraft. Den letzten Elan. Hart bis unter die Haare und klar wie das Nichts, auf das allein wir bauen, werden wir nie schwach werden, nie dumm. Und wenn wir untergehen sollten (denn die Natur, das Leben ist das Dümmste und Roheste, das existiert), werden wir nicht durch uns untergegangen sein. Und das ist es, was nicht nur das Leben, sondern auch den Tod der andern vergällt: das dumpfe Bewußtsein, nicht alles getan zu haben, um die Niederlage zu vermeiden, schwach gewesen zu sein, dumm. *Wir* aber werden anders untergehen. Vielleicht mit jenem hellen spitzen Schrei auf den Lippen, den du ... Bichette, Bichette, bitte hau mir eine herunter!«
Bichette tat es augenblicklich. Und schrie auf vor Vergnügen.

V

Sie waren kaum auf die Rampe des Bahnhofs getreten, als sie der Anblick des in weißer Morgensonne vor ihnen liegenden Nizza aufs tiefste verstimmte. Beide fühlten das Fehlen des Feindlichen, das auf dem Montmartre hundertköpfiger Haß und gefährliche Lebensgewohnheiten wie ein heißes Band um sie gelegt hatte.
Hier war es still und heiter. Beiden war es, als entfernten sie sich von einander, als läge diese warme, helle Stadt zwischen ihnen.
Sie stiegen in einem Hotel in der Nähe des Bahnhofs ab und gingen, obwohl sie fast während der ganzen Fahrt geschlafen hatten, lediglich um ihre Verstimmung vor einander zu verbergen, sofort zu Bett.
Bichette, die wie alle Frauen ihres Schlages eine leiden-

schaftliche Vorliebe für das Bett hatte, schlief nach wenigen Minuten gleichwohl ein. Zu jeder Zeit in ein Bett gelegt, wäre sie eingeschlafen.

Fec erwachte nach zwei Stunden aus einem halben schlechten Schlaf. Zum ersten Mal, seitdem er mit Bichette beisammen war, fühlte er sich wieder allein. Er betrachtete die neben ihm Liegende mit einer Gleichgültigkeit, die ihn fast ärgerte.

Dennoch war sein erster Einfall: Bichette nur ja nicht zu wecken, um dieses Alleinsein genießen zu können. Er schob seinen Körper angenehm zurecht, die Hände in den Nacken und lauschte mit offenen Augen auf die langsam steigenden Geräusche der Straße. Aber er lauschte und lauschte. Wo war das andere? Das Gewohnte? Das dumpfe mächtige Rauschen von Paris? Er wunderte sich, daß er diese Stadt so schwer zu entbehren vermochte und daß der Anblick Nizzas, in dem er so oft tolle Wochen verbracht hatte, ihm beinahe Widerwillen erregt hatte. Wo war jene letzte Abenteuerlust, die ihn auf der Fahrt zur Gare de Lyon geradezu pathetisch gemacht hatte? ›Was für ein Genuß doch die Gewohnheit ist!‹ sagte er sich wörtlich. Doch schon riß er die Augen weit auf und glotzte unbeweglich auf den Plafond: von welch einer müden, ja albernen Regung ließ er sich da gängeln? Zwei laue, leere Jahre in Paris und seine Zähigkeit, die einst nicht nur jeden Orts-, sondern auch jeden Klimawechsel spurlos hingenommen hatte, waren bereits vermindert. Aber er wußte, daß er ja nur zu wollen brauchte, um diesen Zustand aufzuheben; daß er nur zu wollen brauchte...

Plötzlich setzte er die Zähne langsam auf einander: die Gefahr, die dem, was ihn und Bichette geeint hatte, durch diesen Stadtwechsel drohte, war von ihm bis ins kleinste scharf erkannt worden. Er sah den Blick Bichettes nach dem Erwachen, diesen stolzen, höhnischen Blick, der nur ihr eigen zu sein schien. Er sah sich mit ihr in den Straßen, den Restaurants, den Cafés. Und er sah eine fürchterliche Langeweile. Für das Leben, das sie in Paris umfeindet hatte, mußte hier sofort ein Ersatz geschaffen werden. Jede Idylle, auch nur ein Hauch von Behäbigkeit, mußte alles beenden. Es mußte sofort etwas geschehen. Er mußte anfangen. Er mußte etwas machen.

Vorsichtig verließ er das Bett.

Ja, was? Was sollte geschehen? Was sollte er machen? Was durfte nicht enden?

Fec ergriff mit beiden Händen krampfhaft einen Stuhl. Er vermochte miteins nicht das geringste zu denken. Er biß sich verzweifelt in einen Finger und preßte die Lider aufeinander.

›Ich ... ich *will* also doch noch etwas‹, sagte er sich endlich verächtlich und fühlte, wie es ihn beruhigte. ›Ja, aber *warum* will ich etwas? Weil ich Bichette nicht verlieren will?‹ Er stellte sich die Schlafende als Tote vor und empfand diese Vorstellung wie eine erfreuliche Lösung. ›Oder weil ich mit dem Kapital, das diese Frau ist, mir später ein ruhiges, gesichertes Leben verschaffen will?‹ Er roch ein wohldurchwärmtes Zimmer und fühlte sich in einem weichen Fauteuil vor Langeweile in Wut geraten. ›Oder weil ich Millionen will und ihre Macht? Hatte ich sie nicht beinahe schon besessen?‹ Er sah sich in Rom und eine Frau auf einem Teppich ... und auf dem Speicher des Hauses in der Rue de Chéroy, wo er die Nacht vor dem ersten Rencontre mit Bichette zugebracht hatte, sich erwachen, ohne einen Sou und lächelnd über seine Wunschlosigkeit. ›Zum Teufel also warum? Warum? Warum? Warum? ... Etwa bloß um

diese famose Abmachung zu halten? Famos! Wirklich famos!‹
Er hielt immer noch krampfhaft den Stuhl.
Bichette wälzte sich schnurrend auf die andere Seite.
Ängstlich ließ Fec den Stuhl los. Und sah mit einem Mal ganz klar. So klar, daß er für Sekunden genießend die Augen schloß. ›Es ist mein letztes Abenteuer. Mein allerletztes. Und es wird enden wie alle Abenteuer. Banal und grotesk.‹
»Wie alle Abenteuer«, wiederholte er halblaut, während er die Treppe hinabstieg.

Erst um sieben Uhr abends kehrte Fec ins Hotel zurück.
Bichette schlief noch.
Nachdem er mit größter Vorsicht alle Vorbereitungen getroffen hatte, drehte Fec das Licht an. Aber er mußte Bichette wecken. Ohne sie weiter zu beachten, begann er sich umzukleiden.
»Aber ... O ... Ja, was ist denn das ...«, hörte er hinter sich ganz schwach die Stimme Bichettes.
»Zieh das Kleid an, das auf dem Bett liegt! Dort ist der Mantel, hier die Schuhe und der Hut. Beeil dich! Wir müssen in einer Stunde im Casino sein.«
»Ja, was ist denn nur los ... Und du. Was ziehst du denn da an?« Bichettes Gesicht drückte unbeschreiblich komisches Entsetzen aus.
Fec zog die Brauen fest zusammen, um bei diesem Anblick nicht aufzulachen. »Ich vermute, daß es ein Smoking ist. Bitte frage jetzt nicht! Wir haben keine Zeit zu verlieren. Reden während des Ankleidens ist ein furchtbarer Unsinn. Man verliert Zeit, Charme und den Verstand. Also gedulde dich! Unterwegs wirst du alles Nötige erfahren.«

»Cahin caha.« Bichette tat, den Kopf leise hin und her bewegend, einen außerordentlich tiefen Atemzug.
Fec, der beim Binden der Krawatte sich unversehens sehr gefiel, hörte Bichette ein paar schnelle Schritte machen.
»Und was soll denn dieser Létsch da, hein?« Bichette wies mit dem Kinn verächtlich auf die Bijous, die auf dem Tisch ausgebreitet lagen.
Fec drehte sich blitzschnell um und sah ihr, innerlich lächelnd, aber gleichwohl fest in die Augen. »Diesen Létsch da wirst du anlegen.«
»Und wenn ich es nicht tu, was dann, hein?«
»Du wirst es!« Die Finger Fecs schlossen sich langsam zur Faust.
»Und wenn nicht …?«
»Du wirst es!« Fecs Faust hob sich ein wenig.
»Schlingue!« Bichette spie aus.
Fec mußte nun doch lächeln. »Bichette, ich bitte dich zum letzten Mal …«
Bichette pfiff frech vor sich hin.
»Oder …«, schrie Fec, jetzt wirklich wütend.
»Oder? Oder?« Bichette schrie gleichfalls.
Fec, der zu seinem Vergnügen fühlte, daß alles zu Ende sein könnte, wenn er weiterginge, ließ sich von einer boshaften Neugierde besänftigen. Er wandte sich schnell ab und begann sehr behutsam, seine Krawatte fertig zu knoten.
Nach einer langen Pause sagte Bichette leise: »Ist ja großartig. Das ist ja einfach riche. Wenn ich mich nicht täusche – maffelt es.«
»Du täuschst dich nicht.«
Bichette machte sich wortlos, mit stürmischer Gewissenhaftigkeit an die Toilette. Nach zehn Minuten nähte sie sogar.

Im Taxi kräuselte Bichette schmollend die Oberlippe. »Schade, daß ich diese entzückenden Schuhe nicht anziehen konnte. Aber es war die richtige Nummer.«
Fec schmatzte besorgt. »Paßt das Kleid wirklich?«
»Wie du ja gesehen hast, bis auf Kleinigkeiten.« Bichette schlug ihm, glücklich lachend, auf die Hand. »Aber sag mir jetzt bloß, wie du die richtigen Nummern, wie du immer ...«
»Jetzt sag ich dir bloß ...« Fec sprach so schnell, wie er nur konnte, um das, was er sagen mußte, vor einer Komik zu bewahren, die er selbst bereits empfand. »Jetzt sag ich dir bloß, daß du wunderschön bist. Eine junge Herzogin sieht in der Regel beträchtlich miserabler aus. Daß du meine mich schweres Geld kostende Geliebte bist. Und daß du den ganzen Abend zu schweigen hast. Nur Kopf- und Handbewegungen sind dir gestattet. Das ist ein leichtes für dich. Unorientiert wirst du dich am sichersten gestalten. Vergiß nur keinen Augenblick, scharf aufzupassen und daß du eine vollendete Dame bist.«
»Merci.« Bichette stieß ihm mit dem Zeigefinger das Kinn hoch. »Fängst ja louche an. Es wird doch nicht geschossen?«
»Das Ende weiß man nie.« Fec, den ihre Lustigkeit nun doch ein wenig beleidigte, wollte sie an Gefahr glauben machen.
»Bah.« Bichette nahm kichernd seine Lippen zwischen zwei Finger. »Das Ende ist immer eine Art von — Duft, mein verehrter Meister.«
Fec, überrascht und ärgerlich zugleich, schneuzte sich.
Plötzlich sagte Bichette mit gänzlich veränderter Stimme: »Möchtest du mir jetzt nicht endlich sagen, um was es sich eigentlich handelt?«

»Nein.«
Bichette schwieg nur, weil sie eben in die lärmende Rue de la Gare einbogen.

Es war spät nach Mitternacht, als sie zurückfuhren.
Im Wagen warf Bichette so heftig Fec sich an den Hals, daß sie fast vom Sitz rutschte. »O Fec, das war ganz riche! Das war ja richissimo, wie Gaby sagen würde. Wer ist dieser Patapouf denn eigentlich?«
»Ein alter Bekannter von mir. Er heißt tatsächlich Jacques Laugier und besitzt tatsächlich ein Dutzend Häuser. Es war ein Zufall, daß er da war. Oder auch nicht.« Fec beobachtete Bichette verstohlen.
»Ja, war es denn nicht *seinetwegen*?«
»Nein.«
»Versteh ich nicht. Der ganze Saal war doch voll. Und nur elegantester Panam. Warum sollten denn gerade *wir* solches Aufsehen gemacht haben?«
»Sehr einfach. Weil ich es *gemacht* habe.«
»Du?« Bichettes Gesicht verfinsterte sich, als wäre sie beschimpft worden.
»Gewiß.« Fec betrachtete schmunzelnd den Rücken des Chauffeurs. »Nachdem die Einkäufe besorgt waren, telefonierte ich nämlich als Portier des Hotel Ruhl der Direktion des Casino Jetée-Promenade, man möge einen Fronttisch für den Baron Punschoff reservieren. Dann der Redaktion des ›Eclaireur‹, daß Mistinguett in Nizza sei und abends das Casino Jetée zu besuchen beabsichtige. Und schließlich ließ ich dem Orchester-Dirigenten der Salle privée durch einen Messenger-Boy eine kleine Enveloppe zustellen, in der sich eine Fünfhundert-Francs-Note befand und ein paar eigenhändige Zeilen.«

Bichettes Augen wurden ganz groß und feucht. »*Deshalb* also diese wilde Farfouille.«
»Diese fünfhundert Francs werden sich noch wilder lohnen.«
Bichette warf sich ihm von neuem an den Hals. Dann stellte sie tausend Fragen, küßte ihn wahllos, lachte, kniff und biß und schien gar nicht zu bemerken, daß Fec sie verwundernd lächelnd anstarrte.

Im Zimmer nahm Bichette sich nicht einmal Zeit, den Mantel abzulegen. »Fec, du bist wirklich großartig! Aber das kommt doch heraus. Ganz bestimmt kommt das heraus, Fec.«
»Keineswegs.« Fec knöpfelte kokett seine Glacéhandschuhe auf. »Daß man dich für Mistinguett hielt, war ein Irrtum. Du heißt ... hm, sagen wir – Thaller. Bichette Thaller. Im Grunde fliegen sie ja doch auch auf alles Fremde. Es wird einen ganz vortrefflichen Eindruck machen, daß man dich für jene Dame hielt. Ich aber *bin* der Baron Punschoff. Das ist nämlich der Name, unter dem ich außerhalb von Paris einigermaßen bekannt bin und den ich erst vor zwei Jahren ablegte, als ich an der großen Appetitlosigkeit zu leiden begann.« Fec zog bedeutsam die Brauen hoch und entledigte sich mit nonchalantem Wurf seiner Glacéhandschuhe.
Bichette, die unbeweglich zugehört hatte, ließ sich in den Fauteuil fallen und musterte Fec mit einem schweren gläsernen Blick.
Fec tänzelte durchs Zimmer. Er wußte nicht recht, sollte er sich überlegen vorkommen oder nicht. Aber er war doch sehr vergnügt. »Morgen kaufe ich den Rest der nötigen Garderobe, internationale Hotel-Etiketten und große Koffer. Gut beklebt und geschickt zerkratzt und beschmiert, sehen

sie jahrealt aus. So werden sie in die Aufbewahrungshalle des Bahnhofs gebracht und zwei Stunden später vom Hotel Ruhl abgeholt, in welches sehr angenehme Haus ich mit dir überzusiedeln gedenke.«

Bichette folgte ihm mit taumelnden Blicken. »Und das heißt man – sich in die Wälder zurückziehen.«

Fec tat einen gewaltigen Luftsprung vor Bichette hin, ließ sich zu ihren Füßen in die Knie sinken und dozierte, die Hände auf ihre Hüften gepreßt, steif und affektiert: »Denn die Landstraße verheißt den sichersten Erfolg, wenn man aus den Wäldern hervorbricht.«

»V'lan.« Bichette riß ihm mit einem Ruck die Krawatte auf. »Armer Panam!«

»Nein. Die Promenade des Anglais wird unsere Landstraße sein.«

Bichette packte ihn bei den Ohren, zog ihn jauchzend zu sich empor und sprudelte: »Bichon, hast einen guten Griff gemacht mit diesem Gouapard!«

»Augenblicklich nicht«, quietschte Fec und befreite seine brennenden Ohren.

»Aber jetzt erzähl mir alles!« Bichette nahm seinen Kopf in die Hände und drückte ihre Wange zärtlich auf seine Stirn. »Alles.«

»Alles?« Fec schnalzte mit der Zunge und versuchte aufzustehen.

Aber Bichette hielt ihn mit einem unzüchtigen Griff fest und fragte ihn ohne Unterlaß.

Fec genoß dieses Fragen und ihre Hände, die plötzlich mit noch unverwendeten Zärtlichkeiten aufwarteten. Von ihnen erregt und den atemlos wartenden Lippen fast noch süßer gezwungen, begann er zu antworten und schließlich zu erzählen …

Auch im Bett sprachen sie noch. Nicht weniger lebhaft.
Der Bewohner des Nebenzimmers schleuderte fluchend viermal einen harten Gegenstand an die Wand. Ohne jeden Erfolg.
Als sie müde wurde, legte Bichette den Kopf auf Fecs Brust, der sofort schwieg. Und kurz darauf huben andere Geräusche an.
Noch einmal krachte im Nebenzimmer etwas an die Wand. Ohne jeden Erfolg.

VI

Bereits am folgenden Nachmittag lag Bichette, in einen gelbseidenen Peignoir gehüllt, auf einem Balkon des Hotels Ruhl und betrachtete spöttisch das Treiben auf dem Quai und die kleinen Boote auf dem Meer.
Fec, den die Mühen des Wohnungswechsels sehr müde und teilnahmslos gemacht hatten, saß, den Kopf in den Händen, die Augen stumpf ins Leere gerichtet, zufällig so, daß Bichette ihm den Rücken zukehrte. So daß er jäh zurückwich, als sie ihm ganz unerwartet ihr Gesicht zuwandte, das eigenartig zuckte. Nur ihre Augen standen still und leuchteten kalt.
Nach einiger Zeit, die beide viel länger däuchte, als sie war, bemerkten sie, daß sie einander in die Augen schauten.
Fec hielt seinen Blick fest in dem ihren.
Bichette kämpfte sekundenlang mit ihrem Gesicht. Es war, als zwänge sie mit größter Anstrengung einen bestimmten Ausdruck nieder. Eine fremde Farbe entstand auf ihren Schläfen.
»Was hast du, hein?«

Ganz von der Heftigkeit ihres Gesichts erfüllt, vergaß Fec zu antworten.
Bichette versetzte ihm einen schmerzhaften Stoß in die Rippen.
Fec fuhr verblüfft zurück. »Was ist denn los …?«
Bichettes Lippen verrissen sich nach unten. »Du hast heute etwas.«
Fec rieb sich, unwillig lächelnd, die schmerzende Seite. »Du hast etwas.«
»Ich?« Bichette schlug sich mit den Fingern unters Kinn. »Du hast etwas.«
»Eh ben, was?«
»Schlingue!« Bichette, die fühlte, daß sie sitzend unweigerlich sagen würde, was sie keinesfalls sagen wollte, stand rasch auf und trat ins Zimmer.
Fec sah ihr kopfschüttelnd nach. »Bichette, komm her!«
Sie kam nicht, sondern setzte sich, um sich zu coiffieren.
Fec trat schnell hinter sie. »Gefällt dir dieses Leben nicht? Langweilst du dich?«
»Nein. Es gefällt mir.«
»Oder haben dir meine Erzählungen den Elan genommen.«
Bichette legte sich seinen Arm um den Nacken, während sie mit der andern Hand die Brennschere über die Flamme drehte.
»Muß ich Ihnen wirklich noch sagen, Herr Baron, wie sehr ich mich über die Wiederkehr Ihres Appetits freue? Und darüber, was Sie schon alles ausgefressen haben? Ohne Laugiers indirekte Bestätigungen hätte ich vieles von dem, was Sie mir heute nacht erzählten, vielleicht doch nicht geglaubt.«
Fec, der vergeblich versuchte, sich nicht geschmeichelt zu

fühlen, stutzte. »Man könnte dich ja schon sprechen lassen. Das wußte ich gar nicht, daß du ...«
»Bah, weißt noch manches nicht.« Bichette schob, höhnischer lachend, als es dem Augenblick entsprach, Fecs Arm fort. »Die Ballots, die solche Geschenke machen, reden keinen Jars. Außerdem war ich zwei Jahre in einem Pensionat.«
»In einem Pensionat? Du?« Fec lachte schallend.
Bichette zog summend die Brennschere aus den Haaren.
»Da hab ich ja auch keinen schlechten Griff mit dir gemacht.«
»Schnock!«
»Aber das mußt du mir erzählen.« Fec lachte immer noch.
»A la Saint Glinglin.« Bichette kämmte sich heftig. »Du bist vielleicht überhaupt nur wieder einmal besoffen, hein?«
»Bedaure.«
»Was ist mein Létsch wert?«
Fec schwieg betroffen längere Zeit, bevor er langsam antwortete: »Von den verkauften Stücken und denen, die du zur Toilette brauchst, abgesehen, dürften es etwa 45 000 Francs sein.«
Bichette warf den Kamm auf den Marmor. »Mehr als alle deine Weiber gehabt haben.«
»Aber, Bichette, du bist ja ...« Fec nahm mit beiden Händen ihre nackte Achsel in den Mund. »Das ist ja ...«
»Guips ist das.« Bichette sprang auf. »Guips!« Sie umkrallte Fecs Hals, schüttelte ihn, daß sein Kopf wackelte, und blies ihm lachend in die Augen.
Es klopfte.
Der Zimmerkellner brachte eine Visitenkarte.

Nachdem Laugier sich verabschiedet hatte, nicht ohne vorher zum Diner eingeladen worden zu sein, gingen Fec und Bichette Arm in Arm auf dem Quai spazieren.
Sie erregten Sensation. Ein österreichischer Graf wies mit dem Stock auf das Paar und errötete über seine Taktlosigkeit.
Fec lächelte spitz. »Laugier ist bereits vernarrt in dich. Umsomehr, als er dich für seriös hält.«
Bichette gelang es, eine jener Körperwindungen zu unterlassen, deren Hohn so manchen auf dem Montmartre hatte erbleichen lassen. »Seriös?« zirpte sie schließlich.
»Ich habe ihm zudem heute erzählt, daß ich dein Erster bin. Wenn wir uns für verheiratet ausgäben, wäre der Reiz um vieles kleiner. Es ist ein ganz immenser Vorteil, ein Liebespaar zu sein. Das hebt unser beider Renommée auch ins Wolkige und überzieht uns gewissermaßen mit Leim.«
»Hein?« Bichette, die irgend etwas zu ärgern schien, tat so, als hätte sie nicht verstanden.
Fec hatte die Absichtlichkeit ihrer Frage gemerkt. »Mit Leim«, wiederholte er deshalb scharf. »Auf den Leute gehen sollen, Leute ... Laugier ist bereits – gegangen.« Es machte ihm nun aber doch Mühe, den beabsichtigten sachlichen Ton zu finden, der ihm unerklärlicher Weise ebendeshalb gelang. »Er kennt Flinsparker. Von dem ... von dem läßt du dich – mir wegnehmen. Ça y est.«
Bichette empfand ein leichtes krampfähnliches Zusammenziehen der Kehle. Sie streichelte, wie um Falten zu glätten, ihre straffen Brüste. »Der mit den weißen Haaren und dem schwarz gefärbten Schnurrbart?« Ihre Stimme war so klein, daß Fec sicherlich aufmerksam geworden wäre, hätte nicht eine heftige Brise vom Meer her sie verweht.
Fecs Nase zuckte. »Meine Absicht ist ...«

»Sag mir das später!«
Als er es ihr auf einer Bank der Place Massena sagte, hörte Bichette schweigend zu, stellte dann einige zweckdienliche Fragen und erhob sich plötzlich.
»Willst du hier Blüten treiben?«
Fec stand langsam auf, ein wenig verwundert.
In diesem Augenblick stieß Bichette einem dahertrottenden Jagdhund mit dem Fuß in die Flanke, so daß er aufheulend auf sie losfuhr.
Bichette wich ihm geschickt aus.
Fec trat schnell dem Hund entgegen, der sich scheu wedelnd entfernte.

Zum Diner erschienen sie wieder in der Salle privée der Jetée. Bei ihrem Eintritt brach das Orchester sofort ab und begann die Valse brune, welche Bichette am Abend vorher sich hatte zweimal spielen lassen.
Der Champagner stand kaum auf dem Tisch, als auch schon das Defilée sich wiederholte. Die ambulanten Damen passierten mit neugierigen Blicken, die sie oft gar nicht zu verbergen für nötig erachteten, unterhalb der Ballustrade vorbei. Die Herren hielten sich in respektvoller Entfernung, aber stets so, daß sie das interessante Paar im Auge hatten. Nur einige wenige machten, von ihrer Unwiderstehlichkeit durchdrungen, sich in der Nähe Bichettes zu schaffen.
Man wußte bereits, daß Bichette nur mit ihrem Freund tanzte oder mit Berufstänzern, die er beim Weggehen gut bezahlte. Fec hielt viel auf diese Gepflogenheit, die einerseits den Verdacht, er könne Bichette arbeiten lassen, im Keime vernichtete, andererseits in jenem Augenblick, da eine verheißungsvolle Kombination sich präsentierte, mit umso größerem Erfolg unterbrochen werden konnte.

An diesem Abend nun erfolgte eine solche Unterbrechung. Fec lud den jungen Londoner Bankierssohn Watt-Wayler, den Laugier ihm vorgestellt hatte, ein, sich an seinen Tisch zu setzen, und verließ diesen bald darauf, um ihn nach wenigen Minuten zu seinem absichtlich nur schlecht verborgenen Erstaunen leer zu finden und schließlich, scheinbar enorm perplexiert, Bichette im Arm Watt-Waylers durch den Saal tanzen zu sehen.
Das Platznehmen Bichettes und ihres Partners vollzog sich deshalb unter gespanntester Aufmerksamkeit aller Anwesenden, die freilich nicht auf ihre Rechnung kamen, da Fec sich nicht die kleinste Blöße mehr gab, wohl wissend, niemand im Saal würde so auch nur daran zweifeln, daß sein Herz gleichwohl höllisch litt.
Als bald nachher Fec wieder mit Bichette tanzte, ließ man sie zum ersten Mal nicht solo, was bisher wie auf eine geheime Verabredung hin stets der Fall gewesen war, sondern tanzte sogar näher an sie heran, als erforderlich war. Der Bann war gebrochen. Und die Neugierde, die ein Drama witterte, losgelassen.
Laugier erschien verspätet, entschuldigte sich aufgeregt und wagte es nicht, Bichette anzusehen.
Diese begann, zum ersten Mal, mit ihm zu reden, was ihm den Rest gab, und wünschte nach einer halben Stunde, der jungen Dame vorgestellt zu werden, die am Tisch Flinsparkers saß.
Eine kleine Promenade in den Hauptsaal bot Laugier den Vorwand, Flinsparker zu begrüßen und Bichette, die neben ihm stand, vorzustellen. Sie ließ sich sofort in ein eifriges Gespräch mit der jungen Dame ein und führte sie, Laugier Flinsparker überlassend, ohne Schwierigkeiten an Fecs Tisch.

Als Laugier ihr folgte, war er von Flinsparker begleitet, der den mit respektvoller Liebenswürdigkeit geäußerten Wunsch Fecs, doch an seinem Tisch Platz nehmen zu wollen, jovial erfüllte.
Beim Aufbruch standen acht leere Champagnerflaschen auf dem Tisch, Flinsparker fast Freudentränen in den Augen und Laugier und Watt-Wayler der Verstand still. Beide hatten nämlich bemerkt, wie Flinsparker, während er ihr den Mantel hielt, Bichette auf den nackten Oberarm küßte.
Laugier begann erst wieder aufzuleben, als Fec ihn bat, noch für ein Plauderstündchen ins Hotel mitzukommen.
Daselbst ließ er ihn in der Hall allein mit Bichette, welche ihm, nicht ohne zuvor über Fec ein wenig sich beklagt zu haben, vereinbarungsgemäß solche Avancen machte, daß er ihr bebend seine Liebe gestand.
Sie willigte, sichtlich nach langen inneren Kämpfen, in ein Rendez-vous für den folgenden Nachmittag auf dem Quai. Sie würde allein sein.

Nachher im Zimmer stürzte sich Bichette, die Lippen schief auf einander gepreßt, auf Fec, riß ihm, daß es nur so knatterte, Kragen und Krawatte herunter, zerrte kreischend an seinen Haaren, zerfetzte ihm Hemd und Weste, schlug ihn, kratzte ihn, bespie ihn und stöhnte und ächzte.
Fec, völlig überrumpelt und außer sich vor Überraschung, hatte sich zu Boden werfen lassen.
Regungslos ließ er alles mit sich tun. ›Wenn sie mir die Augen auskratzen wollte, ich würde es vielleicht auch geschehen lassen‹, dachte er und starrte, von sich selber verwirrt, in die rasenden Augen Bichettes.
Endlich sank sie erschöpft über ihn hin.
Minutenlang lagen sie so.

Dann suchte sie sich seine Lippen und begann verrückt zu lachen.

Diese Nacht wurde die wildeste. Es gab Augenblicke, wo Fec nicht mehr wußte, was er von all dem denken sollte. Bichette raste. Und schrie einmal dermaßen, daß der Zimmerkellner ängstlich klopfte. Aber sie sprach kein Wort. Und auch Fec schwieg.
Nur gegen Morgen, während sie urinierte, sagte sie wie vor sich hin: »Schlingue!«

VII

Als Fec mittags das Hotel verlassen wollte, um Einkäufe zu machen, lief ihm ein Groom nach und übergab ihm einen Brief, der soeben eingetroffen war.
Fec fuhr sofort in sein Appartement zurück: der Brief war an Bichette Thaller adressiert und aus Paris.
Fec beobachtete Bichette, während sie las, mit lauernder Aufmerksamkeit. Kaum hatte sie geendet, als er auch schon grob fragte: »Von wem?«
Bichette zog den Mund schief. »Von Pimpi.«
»Pimpi? Wie ist das möglich?«
»Ich hab ihm gestern depeschiert.«
Fec hieb sich die Faust in die Hand. »*Was* hattest du ihm zu depeschieren, zum Teufel! Ah ...!«
»Bah.« Bichette verzerrte die Lippen in geradezu unmöglicher Weise. »Wollte wissen, was los ist.«
»Das ist, das ist ...« Fec knetete, schnell atmend, seine Finger. »Nichts habe ich dir doch so sehr eingeschärft, als keine Briefe zu schreiben.«

»Geschrieben hab ich ja nicht. Und auf Pimpi kann ich mich verlassen.«
»Du! Aber nicht ich!« Fec zwang mit größter Anstrengung sein Gesicht zur Ruhe.
»Außerdem gab ich ihm die richtige Adresse. Hab nichts zu verheimlichen.«
»Was heißt nichts. Zeig her!«
Bichette reichte ihm wortlos den Brief. Ihre Schultern zuckten mehrmals verächtlich, während Fec las.
»Wer ist — Ralix?«
Bichette lächelte mühsam. Dann sagte sie gedehnt: »Ein Verströmter.«
»Was?« Plötzlich glättete sich Fecs Gesicht nachsinnend. »Ah, ich erinnere mich, daß Pimpi dich vor ihm warnte. Daß er Grund dazu gehabt hat, beweisen diese Drohungen.«
»Bavardagen.« Bichette hüstelte nachlässig. »Maboul.«
»Hm. Ich kenne ein wenig, wie du wohl zugeben wirst, die Gewohnheiten dieser Herren. Wenn Ralix bei ›Léon‹ vor Zeugen prahlte, dich zu finden, und wärst du auf dem Nordpol, so wird er unter allen Umständen versuchen, Wort zu halten.«
»Ein Grund mehr, von einem vertrauenswürdigen Menschen wie Pimpi auf dem laufenden gehalten zu werden.«
»Wie stehen die beiden zusammen?« fragte Fec nach einer Pause verbissen.
»Pimpi und Ralix?« Bichette klatschte unsicher in die Hände. »Wie man sich dort eben so kennt.«
Fec dachte angestrengt nach. »Harry? Diesen Namen höre ich auch nicht zum ersten Mal.«
»Bah. Dieselbe Sache in beige. Auch einer. Da hätte ich viel zu tun.« Bichette warf sich auf den Teppich und wühlte die

Hände in ein glitzerndes Seehundsfell. »Aber daß Gaby so was tun könnte, hätte ich ihr doch nicht zugetraut.«
Fecs Gesicht verschob sich. »Das war vorauszusehen. Die springen alle zum Fenster hinaus, wenn sie nicht noch luftiger enden.« Er setzte sich, dumpf über sich selber wütend. »Erzähl mir, was du mit Ralix hattest!«
»Schrei doch nicht so! ... Nein. Ich bin jetzt nicht in der Laune. Und du bist mir *zu* großartig.«
Fec biß die Zähne auf einander und schickte sich an, das Zimmer zu verlassen.
Bichette machte geärgerte Augen und rutschte ihm auf dem Teppich nach. »Fec, was soll ich denn jetzt anfangen.«
Fec betrachtete sie, überhaupt ein wenig ratlos. »Geh wieder ins Bett! Ich bin sicher, daß du in fünf Minuten schläfst.« Er packte sie, zerrte sie hoch und trug sie auf den Armen ins Schlafzimmer. Langsam zog er mit zwei Fingern ihre Unterlippe, sie flüchtig küssend, nach vorn. »Au revoir.«
»Fec, Fec ...« Bichette hielt ihn mit beiden Armen fest, leckte, heiß atmend, seine Lippen, sein Zahnfleisch, seine Zunge und rieb ihren Körper in einer gewissen Weise an dem seinen, bis sie fühlte, daß es ihn straffte und trieb. Dann schlug sie mit einem Griff ihren grünseidenen Kimono aus einander und drückte Fecs Gesicht zwischen ihre Brüste ... dann weiter hinab ... weiter hinab ... wo es sich stöhnend vergrub ...

Um vier Uhr promenierte Bichette allein auf dem Quai.
Laugier kam, wieder verspätet, mit roten Backen angerannt und entschuldigte sich aufgeregt eine Viertelstunde lang.
Da erschien plötzlich Flinsparker.
Nach zehn Minuten eines sehr peinigenden Gesprächs gefiel Bichette eine Verbene über alle Maßen.

Laugier stürmte in den Laden.
Diese Gelegenheit benützte Bichette, um sich über die *zufällige* Anwesenheit Laugiers sehr verstimmt zu zeigen.
Flinsparker führte sie deshalb, als Laugier süß lächelnd seine Blume überreicht hatte, zu seinem prächtigen Rolls-Royce-Tourenwagen, der in einer Seitenstraße wartete und vorne auf der Maschine, wo in der Regel ein Fähnchen sich befindet, ein Broncefigürchen trug, darstellend eine verschämt die Arme über dem Busen schließende nackte Frau.
Bichette gehabte sich hingerissen.
Flinsparker strahlte. Und nahm seinen Chauffeur geschickt beiseite.
Laugier bebte.
Flinsparker half Bichette in das Coupé, ließ den Wagenflügel offen und setzte sich hastig neben den Chauffeur.
Laugier hatte kaum begriffen, was vor sich ging, als das Auto auch schon anzog und mit offenem Wagenflügel geräuschlos davonglitt.

Abends, während des Diners in der Jetée, erwies sich Fec von perfekter Ahnungslosigkeit und scherzte derart gewissenhaft, daß es Bichette schwer wurde, die ihm gegenüber erforderliche Teilnahmslosigkeit aufzubringen.
Nach dem Dessert ging Fec, der bisher nur mit Bichette getanzt hatte, schnurgerade auf den Tisch unterhalb des Orchesters zu, an dem der Ballett-Star, die rote Bia, mit zwei Berufstänzern saß, und forderte sie zum Tanz auf.
Diesmal ließ man ihn wieder solo tanzen.
Die rote Bia, welche die Sachlage zu durchschauen glaubte, ließ sich in stattliche Erregung geraten und zwang Fec, dem sie damit lediglich entgegenkam, so innig mit ihr zu steppen,

daß es angesichts der Gesellschaft, welche an Bichettes Tisch saß, schlechtweg ein Skandal war.
Der ganze Saal zeigte sich sichtlich indigniert.
Bichette, obwohl von Fecs Vorgehen unterrichtet, hatte sich doch, sie wußte selbst nicht recht, weshalb, geärgert und empfing den Zurückkehrenden fast bissig.
Fec begriff nicht, was sie, derart extemporierend, beabsichtigte, und wurde unwillig.
Kurz, es hätte nicht viel gefehlt, so wäre das kleine Geplänkel ausgeartet. Das Stattgefundene aber genügte immerhin, um die von Fec projektierte Wirkung noch um das Dreifache zu überbieten.
Flinsparker war es, der diesmal die Note beglich.
Auf der Treppe entschuldigte er sich, den der Verlauf des Abends in die heiterste Stimmung versetzt hatte, Laugier gegenüber nochmals sehr herzlich: er wäre fest davon überzeugt gewesen, daß er eingestiegen wäre; hätte leider viel zu spät die offene Wagentür bemerkt; und Madame Thaller wäre selbstverständlich der Meinung, daß es sich um ein Mißverständnis handle.
Dieser Meinung war sie, als sie Laugier wieder in der Hall gegenübersaß, nun durchaus nicht; vielmehr im höchsten Grade peinlich berührt, daß Flinsparker es gewagt hatte, eines solch frechen Kniffs sich zu bedienen, um einige Zeit mit ihr allein zu sein.
Laugier schnaubte.
Dann erhielt er ein Rendez-vous für den nächsten Nachmittag und wurde mit dem sehr à propos erscheinenden Fec noch ein wenig allein gelassen.
Fec appellierte an ihre alte Freundschaft und bat um Rat: er wollte Flinsparker nicht affrontieren, könne aber doch keinesfalls die Art dulden, auf welche er seiner Freundin den

Hof mache; das, was er sich auf dem Quai erlaubt habe, sei für einen Mann von seiner Stellung geradezu unglaublich. Laugier verließ Fec mit dem feierlichen Versprechen, Flinsparker einen energischen Wink zu geben.

Noch unter der Tür ihres Appartements fragte Fec Bichette schon nach dem Grund ihres Verhaltens in der Jetée.
Bichette schob sich gepeinigt hin und her. »Weiß ich selbst nicht … Schließlich hat es ja weiter nicht geschadet.«
»Bichette!« Fec legte ihr die Hand auf die nackte Schulter und drehte sie mit einem Ruck sich zu. »Was war das?«
Bichette blickte zur Seite. Sie schien zu überlegen. Dann aber machte sie eine kurze Kopfbewegung, als wäre es ihr gleichgültig, was sie sage. »Es war mir eben plötzlich einfach … So schlaß kam ich mir vor mit diesem blèschen Laugier und diesem bidoschen Watt-Wayler und diesem Rasoir von einem Flins von einem Parker … während du … Ja, ja, weiß ich. Es ist blödsinnig. Louf. Was du willst. Aber es war stärker als ich. Ich konnte mich ganz einfach nicht beherrschen. Und jetzt laß mich in Ruh!«
Fec bereitete es, obwohl ihm dieses ganze Gespräch wie in der Luft hing, hämisches Vergnügen, seinerseits ein Geständnis zu machen. »Hör, Bichette!« Er trat schnell weg von ihr, um zu verhindern, daß er sich verriet. »Während ich Pimpis Brief las, hatte ich … hatte ich ähnlich geartete Zustände.«
Bichette ließ den Mantel von den Armen sinken und blickte Fec forschend an. »V'lan. Schon gestern auf dem Balkon hatte ich das Gefühl. Es scheint uns zu gelingen. Unsere Liebe macht sich.«
Fec tat, als hätte er nichts gehört: er wollte es später hervorholen, später einmal, wenn es günstiger wäre … Dann riß er

den Kopf herum. »Ha, ist es nicht wirklich amüsant, daß man alles machen muß? Wenn du zart und schlicht, so ganz ohne Reklame, eines Abends in der Jetée erschienen wärst, hätte sich vermutlich irgendein in jeder Hinsicht stiller Herr in dich verknallt oder sogar der Oberkellner. Aber man hätte sich nicht um dich gerissen. Man muß der Eitelkeit Kulissen besorgen und eine Galerie, damit sie blind macht. Blind dem eigenen Egoismus gegenüber. Der Egoismus ist gar nicht der letzte Impuls. Sondern der Effekt. Und den muß man eben machen.«

Bichette kniete, die Augen geschlossen, in einem Fauteuil. Es ging wie Spott um ihren Mund, als sie schläfrig sagte: »So hast du schon zweimal geredet. Erinnerst du dich? Als wir das erste Mal ins Aëro gingen. Und als du besoffen warst.«

Fec, den ihre zusammengesunkenen Formen miteins sehr erregten, trat hinter sie, ergriff ihre Brüste und drückte sie fest und fester.

Bichette begann weich zu lächeln und hielt ihm den Mund hin. Als seine Lippen ihn wühlend umschlossen, rollten ihre Augen nach oben. Nur das bläuliche Weiß war zu sehen.

VIII

Bichette fühlte, als sie erwachte, daß Fec vor dem Bett stand, und stellte sich schlafend, nachdem sie, vorsichtig blinzelnd, seiner Anwesenheit sich vergewissert hatte.

Fec, der es erriet, setzte sich langsam auf den Bettrand, streichelte sachte ihre Haare und lispelte, fast gegen seinen Willen: »Meine süße, süße Bichon ... Du festes schweres Tier ... Du dunkles dampfendes Weib ... Du bist die harte

Kette, an der ich mich halte, um nicht hinabzustürzen, wohin hinabzustürzen ich beinahe schon ... Und ich weiß nicht einmal, woran diese Kette hängt ... Und wüßte ich es, ich würde ...« Da aber packte ihn eine boshafte Lust. »... ich würde es dir sagen, obwohl ich weiß, daß du nicht schläfst und mich hörst.«
Bichette schnellte, das Gesicht ein wenig verzerrt, empor.
»Schnock!«
»Eh ben.«
»Fec, das war ... O ...«
Fec warf sich lachend über sie, preßte sie mit seinem ganzen Körpergewicht ins Bett zurück und flüsterte vor ihren wutnassen Augen: »Und du? Hast du dich nicht schlafend gestellt, um mir ... Hättest du nicht geschwiegen und ...«
»Und ...?« hauchte Bichette.
»... und es geglaubt?«
Bichette verharrte sekundenlang regungslos, die Augen fest geschlossen. Dann näßte sie die Lippen und atmete schwer und ruckweise.
Erst jetzt gab Fec sie frei. Dabei schnalzte er dreimal hell mit der Zunge.
Den ganzen Tag über wußten sie einander zu meiden.
Laugier wartete vergeblich zwei Stunden auf dem Quai.
Abends tanzte Bichette nicht ein einziges Mal mit Fec, welcher der roten Bia, ihr zu stürmisch akklamierten Duos Gelegenheit gebend, zu einem Separaterfolg verhalf, dessen Umfang daran zu ermessen war, daß sie gegenüber dem leitenden Direktor sichtlich sehr an Einfluß gewann.
Kurz nach Mitternacht ereignete sich ein auffälliger Zwischenfall. Während Bichette mit Watt-Wayler tanzte und Fec mit der roten Bia, traf der Fuß Bichettes den Knöchel der roten Bia derart schmerzhaft, daß sie aufschrie und umgesun-

ken wäre, hätte nicht Fec sie fest in seinen Armen gehalten und auf einen Stuhl getragen. Der Fuß schwoll rasch an. Bichette hatte mehr erreicht, als sie beabsichtigt zu haben schien: die rote Bia war außer Gefecht gesetzt.

Fec kehrte ruhig an seinen Tisch zurück, begann aber beim Anblick Bichettes, die ihn höhnisch musterte, teils aus einem ihm bis dahin in diesem Maße unbekannten Gefühl des Hasses, teils aber auch zu seinem Vergnügen, sie zur Rede zu stellen, indem er ihr eine ans Unwahrscheinliche grenzende Ungeschicklichkeit vorwarf.

Bichette, unter dem Zwang ebenderselben Gefühle, antwortete mit einer Frechheit, die Fec zum ersten Mal in solcher Unverschämtheit an ihr wahrzunehmen glaubte, und fing, als er ihr in derselben Art antwortete, ganz unvermittelt an, Argot zu reden, wobei sie ihre sonst schon sehr gebändigte Stimme aus ihrer Drosselung freiließ und schneidend drauflosschimpfte.

Fec, der sofort einsah, daß irgend etwas nicht mehr Aufzuhaltendes losgebrochen war, ließ sich, von Bichettes Wildheit mit einem Mal entzückt, mit tiefem Genuß mitreißen. Er dachte an nichts, fühlte nur das, wozu es ihn zwingen würde, und stand da, den Kopf ein wenig eingezogen, die Fäuste geballt in den Hosentaschen.

Vor ihm Bichette, die Hände mit gespreizten Fingern auf den Hüften, die nackten Ellbogen weit nach vorne gedreht, den Mund offen, auch wenn sie nicht schrie.

Im Nu hatte sich ein Zuschauerkreis um den Tisch gebildet, in dem Flinsparker, Laugier und Watt-Wayler wie Kampfrichter abseits standen.

Keinem der Zuschauer war es später möglich, zu sagen, wie es begonnen hatte. Plötzlich lagen Fec und Bichette einander in den Armen und rauften wie zwei Straßenkinder, mit der-

selben anziehenden Unbändigkeit und demselben sympathischen Haß in den blitzenden Augen.
Fec war gerade auf dem besten Wege, Bichette zu überwältigen, als Watt-Wayler, der zuerst von seiner Verblüffung sich erholt hatte, sich darauf besann, daß er ritterlich zu sein habe. Er packte Fec an den Schultern und versuchte mit aller Kraft, ihn hochzuziehen.
Fec, der, seit er Bichette berührt hatte, nichts mehr hörte und sah, geriet jetzt in Wut. Er ließ Bichette augenblicks frei und warf sich auf Watt-Wayler, den er, nachdem er ihm einen wuchtigen Faustschlag auf die Schläfe versetzt hatte, mit zwei schnellen Griffen, fast durch die Luft, auf den Tisch schleuderte, von dem Gläser, Flaschen und Teller zu Boden klirrten und zerbrachen.
Fecs Gesicht hatte einen dermaßen gefährlichen Ausdruck bekommen, daß niemand zu intervenieren wagte. Vor allem aber, weil man allgemein unter der Suggestion dieses aufregenden Kampfes stand und unbewußt darauf hielt, daß er weiterginge.
Watt-Wayler hatte sich schnell wieder aufgerafft und vor Fec in Boxerstellung hingepflanzt.
Mit erstaunlicher Geschicklichkeit warf Fec sich seitlich auf ihn, hart an einem Fausthieb vorbei, sprang ihn nieder und verprügelte ihn jämmerlich.
Da gelang es Watt-Wayler, den seine Niederlage vor den Augen Bichettes rasend machte, seinen Browning zu ziehen.
Jetzt wurde Flinsparker, Laugier und den Umstehenden erst klar, daß sie längst hätten eingreifen müssen.
In wenigen Sekunden war Watt-Wayler entwaffnet und Fec von ihm fortgerissen.
In dem allgemeinen Tumult, der nun folgte, gelang es Fec,

der, plötzlich ohne Gegner, sich rasch ernüchtert hatte, mit Hilfe eines Kellners Bichette, die zitternd und keuchend auf dem Boden kauerte, ins Freie zu bringen. Dabei sah er zu seinem Erstaunen, daß sie in der herunterhängenden Rechten ihr Messer hielt.
Während der Kellner nach einem Taxi lief, nahm Fec Bichette das Messer aus der Hand, steckte es ein und trug sie auf den Armen im Laufschritt in das schräg gegenüber liegende Hotel Ruhl.

Bichette, kaum auf die Chaiselongue gelegt, rieb knirschend die Zähne aufeinander, blitzte Fec wild an und drehte ausspeiend den Kopf der Wand zu.
Fec zerrte sich den Rock herunter, knüllte ihn zusammen, schleuderte ihn in eine Ecke und schrie: »Ah, heißt *du das* etwa – sich nichts vormachen? Heißt *das* etwa – sap bleiben? Haha ...«
Bichette setzte sich langsam auf. Sie blinzelte.
Fec zwang sich, seinen Hals mit beiden Händen zusammenpressend, zur Ruhe. »Bereits seit einiger Zeit habe ich bemerkt, daß du diese Narrheiten ausgespannter Sentimentalität zu schätzen beginnst. Dein gespielter Schlaf gehört zum Beispiel hierher.«
Bichette stand, sich herausfordernd windend, auf. »Und warum hast du eigentlich Watt-Wayler verhauen, hein?«
»Chut! Übrigens hast du angefangen.« Fec fühlte wohl, wie unangebracht und lächerlich seine Aufregung war, vermochte aber nicht, sich in seine Gewalt zu bekommen.
Bichette wandte ihm endlich voll das Gesicht zu, das einen verblüffenden Ausdruck frecher Kindlichkeit hatte. »Außerdem finde ich diese ergebnislosen feinen Schiebereien langweilig und blödsinnig. Basta.«

»Ergebnislos sind sie erst seit heute geworden. Und zwar durch dich. Durch dich allein.«
»Bah!« Bichette setzte sich wieder und ließ die Füße baumeln.
Fec, in plötzlich aufkochender sinnloser Wut, stieß einen Stuhl gegen sie, ohne sie jedoch zu treffen.
Bichette blieb sitzen, hörte aber auf, die Füße baumeln zu lassen. »Wenn das noch lang so weitergeht, werde ich verrückt.«
»Verrückt?« brüllte Fec. »Famos! Werde lieber vernünftig!«
Im anstoßenden Schlafzimmer fiel etwas mit einem kurzen silberhellen Klang um.
Fec errötete: er war erst jetzt sich gleichsam wieder zum Bewußtsein gekommen.
Bichette sah sein Erröten und reckte sich überlegen.
Beide schwiegen und setzten sich so, daß sie einander nicht sehen konnten.
Nach etwa einer Viertelstunde schlich Bichette sich an Fec heran, schob sich auf seine Knie, stieß sein Kinn mit dem Zeigefinger hoch und lachte laut und lange. »Fec, ich glaube — wir lieben uns vielleicht doch. Meinst du nicht auch, hein?«
»Idiotin!«
»Merci.«

Später im Bett sagte Fec: »Ich gäbe viel darum, zu wissen, was da eigentlich in uns gefahren war.«
»V'lan. Ich auch.« Bichette spitzte lächelnd die Lippen.
»Kannst du mir wirklich nicht sagen, weshalb du ihr diesen Fußtritt versetztest?«
Bichette nahm den Kopf in beide Hände und atmete gequält

auf. »Weshalb? ... Sssss, ist das schlaß! ... Also anfangs ... anfangs dachte ich, es wäre Eifersucht, das heißt Eifersucht mit dem Verstand, das heißt also pure Eitelkeit, das Ganze also nur wegen des Publikums. Du weißt doch, wie das ist ... Nein, das war es nicht. Denn kurz bevor ich stieß, hatte ich durchaus nicht daran gedacht zu stoßen. Das war genau so wie mit dem Jagdhund. Und nachher war ich selbst ganz baba, daß ich es getan hatte ... O, ich tat es vielleicht in dem Augenblick, als ich sah, wie dein Kopf beim Tanzen sich mir zuneigte. Ich glaube ... Ja, es ist mir fast, als hätte ich es vielleicht deswegen getan. Aber im Grunde weiß ich es eben doch nicht.«
Fec, sehr mit sich selbst beschäftigt, hatte ihr, was ihm sofort auffiel, als sie schwieg, gar nicht zugehört. Deshalb sagte er erregt: »Und mir ist es schlankweg rätselhaft, daß ich ... ich, ich, ich, der ich doch zuvor ganz genau alles ... unser Vorgehen, jedes psychologische Detail ...«
»Hein?«
»... alles ganz genau mit dir besprochen hatte, anstatt deinen faux pas zu ignorieren, dich zur Rede stellte. Als ob ich nicht, haha ... als ob ich nicht im voraus hätte wissen müssen, wie das enden würde. Der Rest ist ja schließlich klar.«
»Klar? Wieso?« Bichette zupfte ihn schmerzhaft am Ohr. »Hättest du nicht doch noch stoppen können?«
»Nein.« Fec setzte sich hastig auf. »Das hätte ich nicht. Der Rest war dann eben Nervensache. Vielleicht, wenn jemand, kurz bevor ich Watt-Wayler zu prügeln anfing, laut gelacht hätte oder wenn einer ein Glas auf den Boden geworfen hätte, daß ich dann ... Aber ich glaube, auch dann wäre es nicht möglich gewesen. Gegen Nerven, die von sich selbst beherrscht sind, ist eben nicht aufzukommen. Aber das ist bereits ein Problem.«

Bichette wiegte, sonderbar lächelnd, den Kopf. »Was ist das, ein Problem?«
Fec ließ sich in die Kissen zurücksinken. »Ein Problem ist ein Unsinn.«
»Übrigens ist ja, als Watt-Wayler auf den Tisch flog, der ganze Plunder zu Boden gesaust. Warum hätte das gerade ein paar Sekunden früher sein müssen?« Bichette wartete, mit den Fingern spielend, auf eine Antwort. »Fec, hör! Ich glaube, es war genau so wie in Paris ... genau so wie mein Weinkrampf und deine gelbe Wollkappe ... V'lan.«
»Ja«, sagte Fec unerwartet rasch, da er fast dasselbe gedacht hatte. »Aber aus einem anderen Grund. Damals war es so, weil wir nicht mehr leer laufen konnten. Jetzt war es so, *weil* wir leer laufen. Eben *doch* leer laufen. Also – derselbe Grund.«
»Nein, Herr Baron.« Bichette schwankte, ob sie auch sagen solle, was sie dachte. Mit einem Ruck ihrer Schulter aber entschloß sie sich. »Diesmal war es so, weil wir *nicht* mehr leer laufen, uns aber dagegen sträuben. Weil aus unserer Abmachung etwas anderes geworden ist.«
»Etwas anderes? Was denn?« Fec fragte mit gespielter Teilnahmslosigkeit, die ihm jedoch nicht gelang, weil er schlecht lag.
»V'lan, eine Tatsache. Wir lieben uns. Das steht für mich fest. Wir wissen nur nicht – warum, und nicht – wie. Das steht gleichfalls fest.« Bichettes ganzer Körper triumphierte.
Fec wandte sich ab. Er lächelte. Aber er war zu müde, um zu antworten.

IX

Sie erwachten beide sehr guter Laune.
Beim Frühstück fragte Bichette, lustig zwinkernd: »Und Flinsparker? Soll ich, hein?«
Fec tat, als hätte er die Nebenabsicht ihrer Frage nicht bemerkt.
Leise und wie nachdenkend antwortete er: »Man müßte die Affaire von gestern erst gewissermaßen – auskühlen lassen ...«
Bichette stellte ärgerlich die Tasse hin. »Dann ist es zu spät.«
»Warum?« Fec war es gleichwohl klar, warum sie das sagte. »Vielleicht geht es trotzdem. Oder umso besser.«
»Trotzdem?« Bichette lachte mit dem Atem. »Trotzdem geht es nie. Und umso besser? Das sieht dir ähnlich. Aber es sollte doch *heute* sein.« Ihre Augen wurden groß und feucht.
Fec schmunzelte. »Heute – sagst du.«
»Ja. Ich sagte – *heute*. Ich *sagte* – heute.« Bichette sah zornig zum Fenster hinaus.
Fec vergnügt auf seinen Teller. »Es wäre nicht nur umso besser, sondern geradezu am allerbesten. Von einem Trotzdem kann überhaupt nicht die Rede sein. Und am allerwenigsten von einem Zuspät. Ein effektvolleres Finale als die Prügelei von gestern hätten wir dem vorletzten Akt unserer Eifersuchtskomödie nicht geben können. Daß du dich als waschechte Montmartroise entpupptest, hat Laugier zweifellos begeistert und Flinsparker sicherlich sehr neugierig gemacht. Die Wut Watt-Waylers ist belanglos und wird, wenn er so unklug sein sollte, sie nicht zu verbergen, nur ein weiterer Anreiz für Flinsparker sein, sich zu entscheiden, und

für Laugier, diese Entscheidung nicht hinzunehmen. Ich bin wahrhaftig mehr als begierig auf das, was die beiden ... Morgen aber oder übermorgen werden diese psychischen Attraktionen ...«

»Hein?«

»Ich meine ... Gewiß, du bist schön und du bist ... Ça y est. Aber zu einer Dummheit läßt ein millionenschwerer Amerikaner sich eben doch am sichersten bestimmen, wenn sie ihm eine Reklame macht, die nicht nur unbezahlbar für ihn ist, sondern vor allem auch persönlich im höchsten Grade schmeichelhaft. Ganz Nizza spricht heute von dir und mir. Und morgen wird es statt von mir von — ihm sprechen. Und wenn Laugier das hört, wird er viel, sehr viel tun, damit man statt von jenem von — ihm spricht. Eh ben. Später aber, wenn der Skandal ausgekühlt ist (und er kühlt nach einem solch unüberbietbaren Höhepunkt sehr rasch aus), werden alle kühler. *Dann* kann es vielleicht zu spät sein. Es ist sogar möglich ...«

»... daß es dann eben zu spät ist.« Bichette schnellte den Teller mit beiden Zeigefingern von sich. »Du hast recht. Und du kannst sicher sein, daß Flinsparker, wenn *ich* ... Spaß, wenn ich losgeh.«

»Wann triffst du ihn?«

»Um drei.« Bichette stieß den Stuhl zurück.

Um den mit Sicherheit zu erwartenden unangenehmen Besuchen zu entgehen, fuhren sie hinaus aus der Stadt.

Nach einer halben Stunde, unweit hinter Cannes, ließen sie das Auto halten, befahlen dem Chauffeur zu warten und gingen zu Fuß weiter, am Meerufer entlang.

Die Fahrt hatte sie auffallender Weise übellaunig gemacht; aber auch die Erinnerung an die letzten Gespräche, sonder-

lich die an das der vergangenen Nacht, von dem auch Bichette wußte, daß es eine Fortsetzung finden würde.
Wer die beiden sah, mußte glauben, daß sie nur zufällig in diese örtliche Nähe geraten seien. Es sah aus, als ginge jeder von beiden für sich allein. Jeder wartete darauf, daß der andere beginnen würde.
Dennoch gingen sie etwa eine Viertelstunde noch neben, vor und hinter einander einher, bis endlich Fec das unerträglich gewordene Schweigen brach, indem er, in einer unwiderstehlichen Laune, den sehr unverständlichen Wunsch aussprach: »Gib mir eine Bohne, und ich werde dir sagen, daß jene Wurst blau ist.«
Bichette wartete, ob nicht noch etwas folgen würde. Dann lachte sie häßlich und laut. »Wie wärs, hein, wenn du diese geholten Sachen ließest?«
Fec wurde mit einem Blick lebendig. »Das ist es! Das ist es! Geholte Sachen! Geholte Sachen!«
Bichette lachte noch lauter und noch häßlicher. »Machen wir uns, Herr Baron? Oder machen wir uns nicht.«
»Das ist es. Wir machen uns.«
»Schlingue! Was denn! So sprich doch schon!« Bichette stupste Fec, seinen Ellbogen packend, vorwärts.
Fec blieb sofort stehen. »Sprachst du nicht gestern von der *Tatsache*, daß wir uns lieben? Und daß es feststünde, wir wüßten bloß nicht, warum, und nicht – wie? Wenn aber …« Er hielt, seine Hand auf Bichettes Unterarm, inne, um die Wirkung dessen, was er sagen wollte, noch zu erhöhen. »Wenn aber das Warum fehlt und das Wie, wie steht es dann mit der Tatsache?«
Bichette riß sich zornig seine Hand herunter. »Was willst du damit sagen, hein?«
»Folgendes.« Fec ging, die Hände vor der Brust schließend,

langsam weiter. »Weder du hattest recht, noch hatte ich recht. Die Prügelei in der Jetée hat sich nicht ereignet, weil wir *doch* leer laufen, aber auch nicht, weil wir *nicht* mehr leer laufen. Unsere Abmachung ist durchaus nicht etwas anderes geworden. Sie ist geblieben, was sie war.«
»Du weißt mehr als ich.« Bichette trällerte schnippisch. »Was war sie denn eigentlich.«
Fec stutzte. »Famos!« Dann zog er Bichettes nur schwach widerstrebenden Arm unter den seinen. »Worin unsere Abmachung eigentlich bestand? Darin, daß wir, wie du in Paris auf der Fahrt zum Bahnhof sagtest, uns vornehmen wollten, uns nichts vorzumachen wie die anderen, uns nichts – vorzutrillern, sap zu bleiben, hart und klar uns selbst gegenüber, um *alles* machen zu können. *Das* war unsere Abmachung. Nichts weiter.«
»Nichts weiter?« Bichette trommelte mit den Fingern auf seinen Unterarm. »Und unsere Liebe? Wolltest du die nicht auch machen, hein?«
»Damals, an jenem Morgen bei ›Léon‹, war ich besoffen.«
»Und am Nachmittag fragtest *du mich*, ob es abgemacht wäre.«
»Ja. Aber erst nachdem du mich dazu herausgefordert hattest.«
»Couçi couça. Machst es dir leicht.«
»*Du* machst es *mir* leicht.«
»Was? Wieso?«
»Ich habe dir damals Unaufrichtigkeit vorgeworfen. Erinnerst du dich? Und du warst auch wirklich unaufrichtig, Bichette.«
»Ich?« Bichette nahm ihren Arm an sich.
»Ja, du. Du wurdest damals plötzlich wankelmütig, wolltest es dir aber nicht eingestehen. Deshalb, um dich gleichsam

selber zu zwingen, machtest du die Szene mit deinem Schmuck. Nachdem du mir bereits dreihundert Francs gegeben hattest, war es wahrhaftig nicht nötig, mir noch zu beweisen, daß du … Eh ben. Nur deshalb wurde ich damals so wütend. Obwohl mir diese Szene erst später verständlich wurde. Ganz verstehe ich sie ja heute noch nicht.«
»V'lan.«
»So kläre mich doch auf!« Fec kratzte nervös an seinen Fingernägeln. »Es gibt eben Dinge, die einem immer entgehen. Vorher und nachher und mittendrin.«
»Das ist richtig.« Bichette faltete die Hände.
Fec lächelte hochmütig. »Du fürchtetest eben doch, daß du es vielleicht nicht durchführen könntest, und …«
»Ich fürchtete …?«
»… und sagtest, das alles müsse noch genau besprochen werden. Auch ich hatte, selbstverständlich, dieses Bedürfnis. Die Aussprache unterblieb aber, weil wir so rasch abreisten. Ich bin übrigens nur mitgefahren, weil ich auch damals besoffen war.«
»Besoffen warst du bei der Abreise. Als wir uns für Nizza entschieden, warst du nicht besoffen.«
Fec wurde, weil er fühlte, daß er ihr diesen scheinbaren Widerspruch nicht würde klar machen können, für Sekunden verlegen. Dann sprach er ärgerlich weiter. »Und diese Aussprache wurde nicht nachgeholt, weil die Gelegenheit dazu nicht kam, nicht kommen wollte. Eh ben, sie wird auch niemals kommen, weil das nicht nachgeholt werden kann. Es *kann* weiter gar nichts besprochen werden. *Das* ist der Kernpunkt. Ça y est. Das scheinst du übrigens sehr deutlich gefühlt zu haben, denn *du* warst es, die auf der Fahrt zum Bahnhof in Paris das, was ich wollte, sozusagen formulierte.«

»Was *du* wolltest?«
»Also ... was auch ich wollte. Denn du warst von allem Anfang an der treibende Teil. *Du* hast im Restaurant der Avenue des Ternes vorgeschlagen, uns zu machen ... *Du* wolltest nach Nizza. Und *du* wolltest auch die Abmachung.«
»Und du gingst auf das alles nur ein, weil du besoffen warst, hein?«
»Ja ... und dann auch ...«
»Louf.«
»Deine Formulierung enthielt übrigens einen Fehler.«
»Den du vorsichtiger Weise erst jetzt korrigierst.« Bichette legte die Hände fest auf die Hüften.
Das Erregende ihrer Gestalt wurde dadurch so sehr gesteigert, daß Fec zu Boden blicken mußte, um nicht verwirrt zu werden. »Du sagtest, daran erinnere ich mich wörtlich: ›Jetzt gehörst du mir. Mir allein. Und ich gehöre dir. Dir ganz allein.‹ «
»Hab ich das gesagt?«
»Ja, du hast es gesagt.«
»Das war allerdings ein Fehler.«
Fec schwieg, unklar verdutzt. »Willst du etwa im Ernst behaupten«, fragte er endlich, »daß du mir gehörst?«
»Nein, nein, nein.«
»Oder daß ich dir gehöre?«
»Merci.« Bichette schritt, sich nachlässig in den Hüften drehend, querfeldein.
»Eh ben.« Fec folgte ihr ungern, wagte aber nicht, ihr den Weg vorzuschreiben, fürchtend, sie zu sehr zu reizen. Ja, er sprach, um sicher zu sein, daß sie ihm weiter zuhöre, sehr leise. »Im Grunde war unsere Abmachung eben nichts als eine Art – Trutzbündnis ... Ein scheußliches Wort! Aber nur so könnte man das bezeichnen, was ... Crotte! Aber

deshalb kann aus ihr inzwischen auch nicht etwas anderes geworden sein, wie du gestern sagtest. Dennoch ist etwas anders geworden. Wir sind nämlich, wenn nicht vielleicht sogar schwach, so doch sehr dumm geworden. Denn diese Jetée-Affaire war – entsetzlich dumm. Sie kam allerdings nicht überraschend. Bereits zuvor begaben sich allerhand Dummheiten. Schon das kleine Geplänkel damals, als ich mit der roten Bia zum ersten Mal getanzt hatte, war eine Dummheit. Auch dein Verhalten auf dem Balkon, als du behauptetest, ich wäre anders geworden, war eine Dummheit. Aber während ich damals bereits wußte, was ich dir jetzt sage, ergingst du dich in sentimentalen Liebesahnungen.«

»Bist ja maboul!« Bichette blieb empört stehen und stierte ihm frech ins Gesicht. »Damals ...? O, damals dachte ich etwas ganz anderes.«

Fec schloß fast die Augen. »Darf ich fragen, was?«

»Du darfst, Kamel. Was ich damals dachte, hein? Großartig! Zwar nicht dasselbe wie du, das freilich. Aber ich dachte doch dasselbe ... V'lan, ich dachte, daß ich dich bereits langweile, daß du es schon bereust. Dein Verhalten, als wir das erste Mal in die Jetée gingen, ich meine, zuvor im Hotel, war schon anders. Du warst gereizt. das warst du noch nie gewesen, bitte ...«

Fec legte ihr die Hand auf die Schulter. »Bichette, laß das doch! Wenn ich sagte ›sentimentale Liebesahnungen‹, so war das ... Ganz klar ist mir ja auch diese Szene nicht. Aber warum lügst du?«

»Ich lüge?« Bichette drängte ihn, mit dem Fuß stampfend, von sich.

Fec ließ sich nicht beirren. »Du sagtest doch, du hättest auf dem Balkon gefühlt, daß unsere Liebe sich mache. Das sagtest du später einmal, nachts im Hotel.«

Bichette hob wütend die Achseln und ging pfeifend weiter.
Fec folgte ihr langsam. Als er sie erreicht hatte, trachtete er, sie zu zwingen, dicht neben ihm zu gehen, um sie ruhiger zu stimmen. »Die Sachlage ist also: wir machten nichts als Dummheiten. Wohlgemerkt – *wir*! Denn ich habe, als Pimpis Brief kam, mich wie ein Idiot benommen, und als ich Watt-Wayler verprügelte, war ich ... Während ich aber immer klarer sah, wohin das alles führte, glaubtest du, deine und meine Dummheiten so deuten zu müssen, als wäre unsere Abmachung zunichte geworden – angesichts der Tatsache haha ... daß die Liebe über uns gekommen wäre. Dummheiten! Nichts als Dummheiten!«
»Absolut meine Meinung«, sagte Bichette mit gänzlich veränderter Stimme. Sie bemühte sich auffällig, Fecs Nähe zu meiden. »Genau betrachtet, ist eben *alles* eine Dummheit.«
Fec ärgerte sich über diese vorweg erledigende Behauptung. Deshalb sprach er mit steigender Heftigkeit weiter. »Eh ben, das Resultat! Unsere Abmachung war, daß wir uns nichts vormachen wollten. Sie bestand daher lediglich in etwas Negativem. Du verstehst? In etwas, das zu unterlassen war. Wir sollten hart und klar bleiben. Statt dessen machten wir die geholtesten Sachen, die greulichsten Dummheiten. So daß unsere eigene Macherei uns schließlich in Stimmungen und Exzesse hetzte, die uns suggestiv hineinlegten, indem sowohl du als auch ich einem ... gleichsam einem Bann verfielen. *Du* warst ihm komplett verfallen. Ich erinnere dich nur an deine Tollheit nach dem ersten – haha – Arbeitstag, als du mir Kragen und Krawatte herunterfetztest. Und als du nachher im Bett dich in eine Raserei hineinrittest, deren Genüsse zwar echt waren, deren Motiv aber keineswegs. Du tatest das

alles nur, um dich von der ... sozusagen von der Besudelung durch die Arbeit – haha – in einem Liebesexzeß par excellence zu reinigen. Er war übrigens schuld daran, daß Pimpis Brief mich am andern Morgen derart aufregte. Und ich erinnere dich noch an das, was du mir vor einer Stunde zu verstehen gabst: daß, wenn du einmal mit Flinsparker geschlafen hättest, es zu spät wäre, *unsere* Liebe zu machen. Weil dann eben alles zerstört sei. Oder so. Ungefähr. Crotte alors ... *Ich* verfiel diesem Bann einigermaßen schwächer und nur auf Viertelstunden. Und bezahlte ihn mit kindischen Wutanfällen. Aber das genügt durchaus, um mit allem, was ich sage, mich auch selbst zu treffen ... Eh ben, das endgültige Resultat ist: unsere Abmachung ist dieselbe geblieben, wir aber wurden anders.«

Bichette, welche, den Kopf ein wenig gesenkt, aufmerksam zugehört hatte, machte einige kleine ungelenkte Gesten. »Gibst du zu, daß alles, was man macht, eine Dummheit ist?«

Fec nickte zögernd und geringschätzig, um wenigstens die Feststellung der Tragweite dieser Erledigung für sich zu retten.

Bichette vertrat ihm plötzlich den Weg. »Ist es da nicht absolut gleichgültig, *was* für Dummheiten man macht, hein?«

»Nein. So ist das nicht.« Fecs Stimme wurde unsicher im Bewußtsein der für ihn gefährlichen Wendung des Gesprächs; aber auch vor Bichettes hell höhnenden Augen. »Vor unserer Abmachung liefen wir leer und hielten es schließlich nicht mehr aus. Nach unserer Abmachung, die doch gar nichts Besonderes enthielt, glaubten wir, nicht mehr leer zu laufen. Wir liefen aber, Dummheiten machend, leerer als vorher. Wir hätten, völlig leer laufend, uns auf die Arbeit allein beschränken müssen, um unserer Abmachung

nach nicht leer zu laufen. Denn gegen das unweigerliche Leerlaufen gibt es nur ein einziges Mittel: mit vollster Bewußtheit leer laufen.«
»Sssss, ist das schlaß!« Bichettes Gesicht spitzte sich ungeduldig zu. »Das kommt mir vor wie ... wie — gedichtet. V'lan, man macht sich eben immer etwas vor. Unter allen Umständen. Sonst geht es überhaupt nicht. Sonst tut man gleich besser, um die Ecke zu gehen. Oder in den Duft. Wie der Herr Baron so lieblich sagten.«
Das in diesem Augenblick geradezu unerträglich gewordene Stehenbleiben Bichettes versetzte Fec in solche Erregung, daß er nach ihren Händen griff, sie heftig preßte und mühsam verhalten hervorstieß: »Man macht sich immer und unter allen Umständen etwas vor, gewiß. Man kommt immer wieder ins Trillern. Man *kann* gar nicht sap bleiben. Auch unsere Abmachung haben wir uns eben vorgemacht. Auch sie muß daher fallen. Wenn sie aber fällt, so fällt die letzte Möglichkeit. Was bleibt, ist — nichts. Oder — der Duft.«
Bichette hob, wider alle Erwartung kichernd, seine Hände und drückte sie auf ihre Brüste. »Fec, ich finde, unsere Dummheiten waren gar nicht so dumm. Solange man noch Lust hat, da zu sein, ist es doch wahrhaftig egal, was man macht. Unsere geholten Sachen waren gar nicht die greulichsten Dummheiten. Ohne sie häten wir uns ganz fürchterlich gelangweilt und sicherlich nicht den ... nun, den Elan zu dem gefunden, was wir immerhin schon machten. Ich meine Flinsparker. Der wird jetzt *doch* gemacht. Und *wie*!«
Fec, irgendwie erleichtert, ja fast froh, lächelte. »Ja, letzthin bleibt eine andere amüsantere Wahl: entweder in den Duft ... oder — drauflos. Blind, wild, leer.«
Bichette zog ihn, seine Nasenspitze küssend, fest an sich. »Das Oder stimmt nicht. Das Oder kann auch sein, wie man

eben gerade will. Zum Beispiel – ganz, aber schon *ganz* maboul. Nur die Coups müssen klappen. Und sie *werden* klappen.«
»Ich vermute, daß wir erst jetzt ...«
Bichette nahm sich seinen Mund. »Erst jetzt werden wir den letzten Elan haben. Jetzt erst wird es richtig maffeln.« Sie sprach in seine Küsse hinein. »Ja, du Gouapard, du süßer ... Jetzt werden wir maffeln ... Jetzt erst wird es *ganz* riche werden ...«
Von dieser plötzlichen Extase verwirrt, wurde Fec passiv und machte sich brüsk los. Dann blieb er nachdenklich stehen.
Doch Bichette packte ihn vorne am Rock und zerrte ihn lachend hin und her. »Aber jetzt nicht mehr dichten, wenn ich bitten darf, hein?«
Fec kam sich miteins sehr absurd vor. »Nein, nein.« Er begann, mit Bichette auf dem Rasen umherzutanzen. »Ah, ich sehe tausend neue Möglichkeiten. Es ist das alte große Spiel. Und der große Einsatz. Wir aber haben den größten, Bichon. Den allergrößten. Nämlich gar keinen. Gar keinen.«
»Mir scheint, du brauchst diese geholten Sachen zu deinem Wohlbefinden ... zu dei ...« Bichette hielt erschreckt inne.
»Ja, denn ich ...«
»Ta gueule!« Bichette schlug ihre Hand fest auf seine Lippen. So fest, daß sie vor deren aufzuckendem Schmerz sich in den Daumen biß.
Fec entriß ihn ihr. Und preßte ihn zwischen seine Zähne. An ihm saugend, lächelte er unsäglich.
Und auch Bichette begann so zu lächeln ...
Sie kehrten um. Wenn man sie sah, mußte man glauben, daß sie ein glückliches Liebespaar seien.

X

Nachmittags wartete Laugier abermals vergeblich auf dem Quai. Zwei Stunden.

Hierauf begab er sich, sehr aufgeregt, ins Hotel Ruhl, wo Fec, einer spontanen Eingebung folgend, ihm völlig außer sich mitteilte, Bichette habe soeben aus Monte Carlo telefoniert, daß Flinsparker sie im Auto entführt habe, sie sei verzweifelt ...

Laugier knirschte. Und er zitterte, als er vernahm, Bichette habe ihn grüßen lassen und die Befürchtung ausgesprochen, Flinsparkers Ziel könne Amerika sein.

»Auf!« schrie Laugier mit bebenden Lippen.

Fec raufte sich die Haare. »Und das gerade jetzt! Aber es ist immer so. Immer. Ah ...«

»Aber was denn nur«, geiferte Laugier.

»Eh ben, ich habe noch zehn Francs. Seit zwei Tagen warte ich auf die Überweisung.«

»Voilà.« Laugier warf sein Portefeuille auf den Tisch. »Dreitausend Francs! Etwas mehr noch. Holen Sie Madame! Sofort! Und kommen Sie sogleich zurück! Wenn Sie noch Geld brauchen, telefonieren Sie!«

»Aber ...« Fec zögerte vor Überraschung.

»Ja, was denn noch!« Laugiers heiser gewordene Stimme überschlug sich. »Warum zaudern Sie? Wie können Sie überhaupt noch überlegen? Mensch! Punschoff!«

Fec riß, den Kopf abgewandt, an seinen Fingern: er erachtete es für ratsam, es Laugier schwer zu machen.

»Mon cher baron.« Laugier schob ihm jovial den Arm um die Schultern. »Eine unglückliche, vergewaltigte Frau ruft um Hilfe. Ich würde nicht anders handeln, wenn es eine andere wäre. Und ... und sind Sie nicht mein Freund?«

Fec kniff die Augen fest zusammen und schüttelte Laugier kräftig die Hände.
»Ich war heute vormittag dreimal hier.« Laugier nahm, taktvoll ablenkend, seinen Hut vom Stuhl. »Ich wollte Sie warnen. Vor Flinsparker. ›Morgen habe ich die wilde Katze!‹ Das hat er öffentlich geäußert. Auch vor Watt-Wayler wollte ich Sie warnen. Er rast vor Wut. Ich verspreche Ihnen, ihn nicht aus den Augen zu lassen. Ich werde ... Halt, vielleicht wäre es am besten, wenn ich Sie begleite ...«
Fec hob beschwörend die Hände. »Bedenken Sie doch ...«
Laugier, der ebenso wenig wie Fec wußte, was es da zu bedenken gab, war es jedoch sofort zufrieden. »Ah, naturellement ... alors bonne chance, mon cher baron.«
Fec schüttelte ihm nochmals die Hand.
Nach fünf Kilometern hieß Fec den Chauffeur kehrt machen, fuhr ins Hotel zurück und ließ die bis auf Kleinigkeiten bereits gepackten Koffer zum Bahnhof bringen.
Abends war er in Monte Carlo, stieg im Hotel de Paris ab und schrieb (das vereinbarte Zeichen für seine Ankunft) die Nummer seines Zimmers mit roter Kreide in die Ecke der Tür von Flinsparkers Appartement.
Um zehn ein halb erschien Bichette, gänzlich unerwartet, bei Fec, flog an seinen Hals und jauchzte gedämpft: »Fec, Fec, alles klappt! Alles klappt!«
»Welche Unvorsichtigkeit!« Fec hatte Mühe, sie zu beschwichtigen.
»Bah! Das ist eben der Elan!«
»Aber ich will hoffen – der letzte.«
Bichette hing sich zärtlich an seine Schultern. »Und wohin – nachher?«
»Florenz.«

»Richissimo!« Nach einem Kuß, der etwa zwei Minuten währte, lief Bichette, sich schnell losreißend, zur Tür. Plötzlich aber hielt sie, die Klinke in der Hand, inne, sah Fec sekundenlang durchdringend an und senkte dann den Kopf. Fec, unklar unwillig und auch ein wenig ratlos, blickte weg. Als er wieder hinsah, war Bichette verschwunden.

Fec begab sich zu Bett, konnte jedoch nicht einschlafen. Tausenderlei wogte ihm durch den Kopf. Es war ihm, als rotiere er um sich selber. Er vermochte sich nicht zu sehen. Noch viel weniger Bichette, deren Verhältnis zu ihm sich restlos klar zu machen ihm nicht gelingen wollte. Daß dies die eigentliche Ursache seiner Unruhe war, erkannte er endlich, als er bemerkte, daß Bichettes durchdringender Blick, kurz bevor sie ihn verlassen hatte, ihm peinigend oft wiederkehrte, ohne daß er imstande gewesen wäre, ihn sich zu erklären. Um es sich zu erleichtern, zwang er sich, gewisser Szenen, gewisser Gespräche sich zu erinnern, fand aber nichts Deutliches. Alles däuchte ihn mit einem Mal verworren. Trotz allem. Immer wieder, wenn eine Kette von Überlegungen abgerollt war, versuchte er, den Kopf hebend, Bichette gleichsam von innen her zu erblicken. Immer wieder vergeblich. Er grinste schließlich über sich selber und sagte plötzlich laut: »Warum kann ich es nicht? ... Ha, weil ich ja doch nichts weiter finden würde als ihre Photographie.«
Diese Verstiegenheit gefiel ihm so, daß er fast heiter wurde. Die Unruhe wich. Eine weiche wohlige Gleichgültigkeit durchsickerte ihn. Er lächelte und streckte seinen Körper. Als er im Begriffe war einzuschlafen, klopfte es leise.
Augenblicklich sprang er aus dem Bett und öffnete vorsichtig.
Bichette schlängelte sich durch die Tür. »Ich bins.«

Noch bevor Fec etwas hätte sagen können, steckte sie ihm zwei Finger in den Mund und spielte mit seiner Zunge.
Fec befreite sich ärgerlich. »Was fällt dir denn nur ein! Wenn jemand dich gesehen haben sollte!«
»Es *hat* mich aber niemand gesehen.«
»Die Gänge der großen Hotels sind nachts immer bewacht. Und wenn Flinsparker aufwacht? Was dann?«
»*Der* wacht nicht auf. O, was für ein Ballot! Aber nett ist er doch. Wirklich sehr nett.« Bichette betrachtete ein kleines Bild an der Wand.
Fec mußte lächeln. »Willst du mich eifersüchtig machen?«
»Ich will hoffen, daß du scherzt.«
Fec erstaunte, daß sie daran gezweifelt hatte, und beobachtete sie aufmerksam.
Bichette gewahrte es und warf ihre Hände in seine Haare. »Fec, sag, liebst du mich?« Sie streckte die Zunge weit heraus; es schien selbstironisch sein zu sollen, wirkte aber lediglich abstoßend.
»Bis zur Bewußtlosigkeit«, flüsterte Fec, absichtlich schauspielernd, und küßte höflich Bichettes nackten Hals.
In diesem Augenblick nahm er irgendwie wahr, roch er, sah er, schmeckte er, was zwischen Flinsparker und Bichette vorgefallen war, bevor sie sein Zimmer betreten hatte. Eine ihm wohl bekannte, von je unbegreifliche, gleichwohl aber stets wieder von neuem hinreißende Erregung bemächtigte sich seiner. Er atmete unregelmäßig und stoßweise. Seine Lippen auf Bichettes Rücken erzitterten.
»Das lasse ich mir gefallen.« Bichette zweifelte nicht, daß er sich verstellte, und hauchte erbost: »Aber weshalb diese Zurückhaltung? Sollte der Herr Baron vielleicht zögern, weil ...«

Fecs Sinne taumelten. »Ja, ja, ja, ja … und was denn noch …« Er riß sich Bichettes Mund heran, fühlte ihn noch heiß von dem andern, ein schneller brennender Stich durchrann ihn, wurde weich, und eine ferne feine Wut zugleich, sein Atem verlor sich, kam schwer und gebrochen wieder und stürzte ihn in einen wilden Biß.
Bichettes Schrei vergurgelte sich wollüstig. Da fühlte sie ihr Blut warm über die Haut laufen, stöhnte, schloß die Augen und öffnete gierig weit den Mund …
Fec stammelte etwas. Sein linkes Bein schlenkerte ein wenig und machte ihn wanken. Und schon packte er Bichette und warf sie unter sich …

»… sagst du mir jetzt schon zum dritten Mal. Ich werde es genau so machen. Genau so.« Bichette verließ das Bidet. »Aber …« Sie trocknete sich sorgfältig mit beiden Händen. »Aber weißt du, warum ich dich gefragt habe, ob du mich liebst?«
Fec bewegte gleichgültig eine Achsel.
»Nur um zu sehen, ob es dich noch ärgert.«
Fecs Lippen spielten mokant.
»Du hast dich doch nicht geärgert? Oder vielleicht doch?«
Fec liebkoste seine Hände.
»Fec!« Bichette wies, als sie seine Augen wieder sah, mit den ihren auf ihren nackten Körper. »Nennst du *das* vielleicht *auch* vorgemacht?«
Fec ergriff die Decke und legte sich in die Kissen zurück.
Bichette lief vor das Bett und drehte Fec ihre Schulter mit der Bißwunde vor die Augen. »Und was war *das*, hein?«
»Das war …« Fec hielt, die Lippen geöffnet, lange inne. »Das weiß ich noch nicht.«

»Darf ich Sie bitten, Herr Baron, es mich wissen zu lassen, sobald Sie ...« Bichette sprang mit beiden Knien ins Bett.
»Du darfst.«
»Merci.« Bichette speichelte sich mit zwei Fingern die Wunde ein. »Was aber, wenn Flinsparker den Biß sieht?«
»Den wirst du ihm schon einreden.«
»Fec!«
»Was?«
»Weißt du es nicht vielleicht doch?«
»Was!«
»Warum du mich gebissen hast.«
»Nein.« Fec, keinerlei Zustände mehr fähig, zog sich die Decke bis an die Stirn.
»Fec!« Bichette riß sie ihm herunter.
»Was denn, zum Teufel!« Fec setzte sich zornig auf.
»V'lan, wie ist das mit dem Einsatz?« Bichette knüpfte, ohne ihn anzusehen, die Seidenbändchen an ihrem Hemd, das sie vom Stuhl genommen hatte.
Fec griff nach einer Zigarette.
»Fec, so hör doch!«
»Was denn nur?«
»Das mit dem Einsatz.«
»Was für ein Einsatz?«
»Nicht der an meinem Hemd.« Bichette kicherte selbstsicher. »Sondern der, der gar keiner ist. Und das Geld? Ist das kein Einsatz, hein?«
Fec rauchte amüsiert. »Du nimmst also doch an, ich könnte glauben, was ich zu äußern beliebe.« Er freute sich sogar auf ihre Antwort.
Bichette setzte sich gewichtig zurecht. »So entkommst du mir nicht. Das Geld *ist* ein Einsatz. Wenn auch *das* kein Einsatz sein soll, dann hast du dir blödsinnig widerspro-

chen.« Sie begann, fest davon überzeugt, ihn in heftige innere Pein versetzt zu haben, ihre Haare zu ordnen.
Fec zerbiß lächelnd seine Zigarette und warf sie in eine Ecke. Dann schlug er sich mit der flachen Hand sachte auf den Schenkel und sang leise den Refrain eines Pariser Schlagers mit dem selbst unterlegten Text: »Rien que sa photo.«
»Fec, so was kann *dir* passieren?« Bichette stieß mit den Füßen nach ihm.
Fec war mit einem Mal alles zu viel. »Und jetzt bitte rasch fort!« Er wollte sie an der Hand aus dem Bett ziehen.
Aber Bichette warf sich geschickt neben ihn. »Cahin caha. Du wirst antworten.« Sie rieb ihren Körper so an dem seinen, daß sie ihren stärksten Zwang ausübte. »Übrigens keine Sorge! Der da drüben schläft den Schlaf des Gerollten.«
Fec gab nach, um nicht ängstlich zu erscheinen.
»Also, wie war das?«
Fec schob ihren Bauch von sich und raffte sich mühselig zusammen: es würde ihm schon irgendwie gelingen.
Bichette versetzte ihm mit dem Knie einen Stoß in die Hüfte. »Also?«
Ohne noch zu wissen, was er sagen wollte, begann Fec stokkend: »Unser Einsatz besteht aus zwei Teilen ... die aber im Grunde eine unzertrennliche Einheit bilden. Der erste Teil ist ...: wir vertreiben uns, großen Beträgen nachjagend, am besten die Zeit ... solange wir noch nicht so viel haben, um uns die Zeit mit einer Rente vertreiben zu können ... Der zweite Teil ist ...: wir geben jetzt, arbeitend, weniger aus, als unsere künftige Rente wird betragen müssen ... denn wir werden, nicht arbeitend, weit mehr ausgeben müssen, um uns nicht zu langweilen ... Eh ben, ist dir das klar?«
Bichette machte ein zweifelhaftes Gesicht.

Fec sprach nurmehr wie blindlings. »Selbstverständlich ist dieser Einsatz nur negativ. Sich vor Arbeit und Langeweile sicherstellen ist allerdings kein Einsatz. Der wahre Einsatz ist unser Leben selber. Die Tatsache, daß wir selbst vor allem zu unserem Zeitvertreib gehören. Der Körper muß hergeben, was er herzugeben hat. Seine Genüsse sind echt. Da kann man sich nichts vormachen … Gewiß, es ist letzthin auch kein Einsatz zu leben. Aber wir wollen uns doch nicht aufhängen. Wir haben also trotz allem keinen Einsatz. Denn wir werden stets sinnlos drauflos leben. Wie es uns eben den größten Spaß macht, das meiste Vergnügen.«
Bichette hatte sich nicht bewegt und Fec unausgesetzt angestarrt. Jetzt riß sie auflachend ihren Blick los. »Fec, du dichtest schon wieder. Du spinnst ja, Fec.«
»Chut!« Fecs Augen wurden ganz klein. »Vielleicht bin ich überhaupt bloß mein eigenes Hirngespinst.« Kaum jedoch war es gesagt, als er auch schon darüber lächeln mußte.
Bichette schlug ihm klatschend auf den Hintern. »Nein, du bist mein süßer Gouapard … mein süßer Gouapard …«
Dieses Kosewort, das ihn bisher fast stets weich umnebelt hatte, trieb ihn jetzt innerlich auf. Mit allen Fibern suchte er nach einer Ablenkung. »Hast du Pimpi schon geantwortet?«
Bichette lag da, die Hände unterm Nacken, die Beine auf denen Fecs. »Was soll ich ihm schreiben?«
»Bitte erzähle mir jetzt, was du mit Ralix hattest.«
Bichette klemmte mißlaunig die Unterlippe zwischen die Zähne. »Ich hab so gar keine Lust dazu … Aber schließlich … Es war bei einer Balloterie in der Royal-Bar. Du weißt doch, die in der Rue Fontaine. Ich war, ich weiß selbst nicht, warum, mit hinaufgegangen. Mit Harry, der überhaupt gern vornehm tut, das Kind. Aber mit Harry war schon

lange Schluß. Couçi couça, und oben zogen sie mich sofort an einen Tisch. Und so ein dicker Ballot wollte mich dann auf der Straße in seinen Wagen zerren. Harry war verschwunden. Hatte wohl geroupt. Da stand auf einmal Ralix da. Vermutlich hat er auf Loute gewartet, die damals in der Royal arbeitete. Also, Ralix sagte dem Schwein bloß: ›Lassen Sie Madame gefälligst los!‹ Das genügte absolut. Denn der gute Junge sieht aus! Wie ein Zebra. Du kennst ihn ja. Oder nicht? Also, er ging dann mit zu mir. Das dauerte so ungefähr eine Woche. Dann hatte ich ihn satt. Er mich aber noch nicht. Außerdem hatte er die scheußliche Gewohnheit, im Bett zu singen. Nicht so wie du, manchmal ein bißchen. Sondern laut und alle fünf Minuten und die blödsinnigsten Opern. Aber hauptsächlich war er mir zu toc. Ich meine, durchtrieben ist er ja schon sehr und Courage hat er für drei, aber etwas fehlte mir bei ihm. Eben das, was immer fehlt. Es fehlt doch immer etwas, hein? Also, ich konnte ihn absolut nicht loskriegen. Beleidigungen, Beschimpfungen, Fußtritte – nichts zog. Einmal spuckte ich ihm bei ›Cyrano‹ auf der Terrasse vor allen Leuten ins Gesicht. Er schluckte den Speichel und grinste. Es war einfach nichts zu machen. Und ich hatte den ganzen Jus schon bis dorthinaus. Da mußte ich eben die letzte Pante loslassen und sandte dem langen Georges, dem Flic, der immer an der Ecke der Rue Blanche steht, einen kühlen Blick und tropfte ihm im nächsten Hauseingang so einige Anhaltspunkte auf die Hand, und nach vier Tagen klemmten sie meinen Ralix … V'lan.«
Fec räusperte sich, langsam den Kopf hebend. »Weiß das jemand?«
Bichette sann nach. »Vielleicht Pimpi, vor dem ich zuvor einmal in meiner Wut damit gedroht hatte. Ralix aber weiß es nicht. Und auf den langen Georges kann ich mich verlas-

sen. Aber es könnte sein, daß Ralix es vermutet. Sicher ist er auf keinen Fall. Denn die beiden andern, die meinetwegen geklemmt wurden, hatten Connerien gemacht. Weil sie glaubten, mit viel Geld könnten sie mich halten, diese Petsecs. Und Ralix weiß das so gut wie die andern.« Sie nahm, da Fec schweigend auf die Wand sah, mehrere Toilettegegenstände zu sich ins Bett und begann ihre Achselhaare so nach vorne zu kämmen, daß kurze Haarzipfel sichtbar wurden. »Das ist meine Erfindung. Das lieben sie alle. Und zu glauben, daß es Gänse gibt, die sich rasieren.« Sie blickte, von Fecs Schweigen irritiert, finster auf. »Paßt dir vielleicht etwas nicht?«

Fec war für ihre Erzählung, die ihm unglaubwürdig vorkam, auf eine Erklärung nach der andern verfallen. Da keine ihm genügte, fragte er, fast befehlend: »Womit bist du denn zu halten?«

Bichette pfiff leise, um keinen Ausdruck in ihr Gesicht zu lassen. »Mit dir.«

Fec hüstelte, überzeugt von ihrer Absicht, ihn zu ärgern. »Bei mir also fehlt nichts? Alles da? Alles da?«

Bichette nahm ihre Knie in die Hände, zog sie vor die Brust und schaukelte sich. »Alles da! Alles da!«

»Famos!« Fec lachte.

»Schlingue!«

Nach einer langen Pause, während welcher Bichette an den Nägeln ihrer Füße herumschnitt, sagte Fec, der sich wieder eine Zigarette angezündet hatte, ganz unvermittelt: »Nichts da. Zwischen uns fehlt alles.«

Bichette schnitt mit ungeteilter Aufmerksamkeit weiter. »Fehlt alles. Warum nicht?«

»*Damit* bist du zu halten: – mit nichts.«

Bichette schien endlich mit ihrer Pédicure fertig zu sein.

»Mit nichts?« Sie musterte der Reihe nach ihre Zehen. »Was sagtest du? Mit nichts? Wie ist das?«
Fec, der den Eindruck hatte, sehr wohl verstanden worden zu sein, wunderte sich, daß es ihn gleichwohl zum Sprechen drängte. »Mit nichts, das heißt – mit letzter Aufrichtigkeit. Damit, daß man dir sagt, daß auch *sie* ein Truc sein kann. Und daß es der beste wäre. Aber daß man auch darauf verzichten müsse, weil ...«
Bichette lauschte jetzt gespannt. »... weil ...«
Fec wurde sich plötzlich so unerträglich, daß er nunmehr weitersprach, da er fühlte, er würde sich sonst noch unerträglicher. »... weil dieser Verzicht eines der größten Vergnügen ist ... vielleicht das allergrößte. Aber dazu gehört, daß man der Suggestion des Geldes nicht erliegt. Und da schließlich auch der Genuß, in jeder Form, nur eine Spielart von Suggestion ist, läßt man sich so leicht überrumpeln. Suggestion ist nur Kraft, Energie. Suggestion ist das Leben selber. Man darf aber dem Leben in keiner seiner vielen Formen erliegen. Der tiefste, feinste Genuß ist der Verzicht.«
Bichette legte die Hände leicht auf die Augen. »Vorhin sagtest du, die Genüsse des Körpers sind echt, da kann man sich nichts vormachen. Und jetzt sagst du, sie sind Suggestion. Wieder so ein blödsinniger Widerspruch.«
»Suggestion ist das Leben selber«, sagte Fec verbissen und müde.
Bichette ging zur Manicure über. »Vielleicht.«
Fec nahm die Zigarette, auf die er vergessen hatte, an die Lippen. Während er den Rauch langsam vor sich hin blies, dachte er laut: »Ja, unsere Abmachung ist ein Verzicht.«
»Und ein Genuß.«
Fecs Kinn zuckte erstaunt: er wußte mit einem Mal, daß Mißtrauen ihn gedrängt hatte zu sprechen. Deshalb sagte er

scharf: »Aber man ist auch so nicht sicher. Man ist niemandes sicher. Eine Laune, ein Regenguß, ein Weib, eine schlechte Zigarette, weiß der Teufel, was es alles sein kann — und schon empfindet man den Verzicht auf den Verzicht als den höchsten Genuß und ça y est — der andere ist erbärmlich gerollt.«
Bichette ließ die Schere fallen. »Es geht eben alles.« Sie stellte die Finger spitz aufeinander. »*Alles*.«
»Deshalb darf man sich auch auf nichts einlassen. Auf *gar* nichts.« Fec lächelte über den Widerspruch seiner Worte zu seiner Situation. Und er spottete fast, als er hinzufügte: »Für mich ist *jeder* mein erbittertster Feind. Jeder. Jeder. Jeder.«
Bichette blickte zur Seite. Die kleinen Finger jeder Hand bewegten sich nach oben. »Auch ich?«
Sekunden verstrichen, bevor Fec, mehr aus unbezwinglicher Neugierde als weil er wirklich daran glaubte, mit fester Stimme sagte: »Auch du.« Er legte die Zigarette weg.
Bichette schob sich langsam an ihn heran und ihren Arm hinter seinen Hals. Die Nägel der andern Hand gruben sich in seinen Schenkel. So zwang sie ihn mit ihrem Körper auf das Bett nieder. Dann öffnete sie ihre Lippen vor den seinen, schlürfte seinen Atem, gab ihm den ihren und stierte ihm mit weit aufgerissenen Augen zwischen die Brauen.
Es war Fec, als wollte sie ihn mit ihrem Atem töten. Er mußte, als er es dachte, die Zähne zusammenbeißen, um nicht zu lächeln.
Da kniff Bichette ihn kurz in die Wange und hauchte: »Fec, du bist — duschnock.«
Er wußte nicht, was sie meinte. Aber es war ihm in diesem Augenblick lieber. So sehr war er von dessen schwerem, seltenem Genuß erfüllt.

Fec hörte es fünf Uhr schlagen, als Bichette angekleidet war. Vag fiel es ihm auf, daß sie beide Male in ihrem Trotteur zu ihm gekommen war. Während er den Riegel sachte zurückschob, fragte Bichette leise: »Es bleibt also dabei?«
»Selbstverständlich. Du hast es doch in den Kamin gehängt?«
»Ja.«
Fec, an das vorhergegangene Gespräch denkend, verzog zweifelnd die Lippen. »Es ist eigentlich nicht viel. Wieviel sagtest du ...?«
»Ich konnte es nicht zählen.« Bichette blickte auf ihre Füße. »Weniger als fünfzehntausend schwerlich.«
»Steck es doch lieber schon jetzt in die Vase auf dem Korridor.«
Bichette nickte, ohne aufzublicken.
»Mach es sehr rasch! Am besten, während du dich einen Moment über die Brüstung lehnst, als hättest du irgend etwas bemerkt. Du mußt aber unter allen Umständen die Toilette wirklich benützen. Auch wenn du niemanden siehst.«
Bichette nickte mehrmals hastig, von einem Fuß auf den andern tretend.
»Um acht Uhr also. Und vergiß nicht, die Tür unversperrt zu lassen. Au revoir.«
Bichette winkte ihm ungelenk mit der Hand, während sie hinausschlüpfte.

Um acht Uhr morgens stürmte Fec in das Schlafzimmer Flinsparkers, einen Browning in der Hand, riß Bichette, die ganz jämmerlich schrie, aus dem Bett und brüllte: »Sie werden noch von mir hören!«
Flinsparker, der sich schlaftrunken in den Kissen aufzurich-

ten versuchte, kam gar nicht dazu, zu erstaunen. Längst allein, begriff er erst den Zusammenhang.
Als das durch das Geschrei aufgescheuchte Personal im Korridor erschien, fand es ihn bereits leer und nur in einigen Türen verschlafen fragende Gesichter.
Schon in Nizza hatte Flinsparker Fec ein wenig beargwöhnt. Er zog es deshalb vor, den zweifellos beabsichtigten Eclat, der ihm auf jeden Fall sehr peinlich sein mußte, zu verhindern. Er sandte Fec nach einer Stunde durch seinen Chauffeur einen Scheck über zehntausend Francs, da er, wenn er refüsiert wurde, lediglich riskierte, die Riviera für den Rest der Saison meiden zu müssen.
Fec empfing den Brief mit dem Scheck, als er in der Loge des Portiers einige Anweisungen gab. Zehn Minuten später verließ er mit Bichette das Hotel.
Sie fuhren nach Mentone, wo Fec den Scheck einlöste.

XI

Anderntags, sehr früh am Morgen, bat Bichette Fec um die Besorgung eines gewissen Toilettegegenstandes.
Als Fec von diesem Gang, während dessen er, sich erinnernd, Laugier telegrafisch um Geld gebeten hatte, ins Hotel zurückkehrte, wurde ihm, nicht ohne leisen Spott, mitgeteilt, daß Madame Thaller vor einer halben Stunde mit ihren Koffern zum Bahnhof gefahren sei.
Fec, der mehr darüber erstaunt war, wie ruhig er diese Mitteilung aufnahm, als über sie selbst, sah auf die Uhr. Es war neun Uhr. Der Zug nach Genua, den er mit Bichette hatte benützen wollen, ging eine Stunde später ab. Es war kein Zweifel: Bichette hatte den Rapide nach Paris genommen.

Fec betrat ganz langsam sein Zimmer. Seine Augen flogen über alle Gegenstände hin: kein Brief, kein Zettel.
In einer Ecke standen seine beiden Koffer.
Er setzte sich auf den größten, nahm sich eine Zigarette und wunderte sich durchaus nicht mehr, daß er sich nicht wunderte. Es war ihm, obwohl er es sich nicht hatte deutlich werden lassen, während seines Beisammenseins mit Bichette immer die Möglichkeit gegenwärtig gewesen, sie könnte ihn verlassen wie alle seine Vorgänger. Und er erinnerte sich, daß er in Monte Carlo, in der Nacht vor dem Coup, kaum daß Bichette zur Tür hinaus war, ihre Worte ›Du bist – duschnock‹ halblaut sich wiederholt und dabei das Gefühl hatte, irgend etwas Entscheidendes gehört zu haben. Es war ihm jetzt, als hätte er damals schon gewußt, daß Bichette ihn verlassen würde. Auch ihn.
Er lächelte trübe, ja gelangweilt. Das also sollte das Ende sein? Das sein letztes Abenteuer? Er wußte ja, daß es enden würde wie alle Abenteuer. Er empfand es nach allem, was vorhergegangen war, banal, daß Bichette nicht nur ihren Schmuck mitgenommen hatte, sondern auch alles Geld; und grotesk, daß sie hinterrücks abgereist war.
Mit einem Mal aber stand er auf. Bichettes unhemmbarer Hang zum Vagabondieren, ihre natürliche Grausamkeit und Niedertracht kamen ihm, wenn er an gewisse Gespräche dachte, als Erklärungen gleichwohl lächerlich vor, so lächerlich, daß sein sonst stets auf Letztes gefaßtes Mißtrauen, das Bichette gegenüber allerdings sehr müde gewesen war, hoch aufschnellte: diese Abreise konnte ein ganz feiner Schachzug sein, irgendein ganz besonderer Truc ...
Doch schon griff er sich grinsend an die Schläfen. »Nein, das ist es nicht. Ich *will* es bloß nicht wahr haben. Ich *will* mein letztes Abenteuer. Ich *will*, daß es anders ende ...«

Aber er wollte auch, was er sich wiederum nicht deutlich werden ließ, nicht der Verlassene, der Unterlegene sein. Er wollte, daß es so ende, wie er wollte. Ja, wie wollte er denn, daß es ende? Was wollte er denn?
Er ging mit großen Schritten im Zimmer auf und ab. Eine dumpf hämmernde Wut hatte ihn ergriffen. Mit rasender Geschwindigkeit ließ er alle Gespräche mit Bichette, jedes Wort, das ihn getroffen, jede Geste, die ihn erregt hatte, alles Unausgesprochene, Verworrene, alle Zärtlichkeiten, alle Roheiten, kurz *alles* noch einmal an sich vorüber.
Endlich blieb er stehen, schlug sich knallend die Hand auf die Stirn und murmelte: »Und ich finde doch auch nichts weiter als meine Photographie. Nichts weiter. Was will ich denn nur noch? Bin ich denn verblödet? Ver-blö-ö-det?«
Nach etwa fünf Minuten kam in sein Gesicht tatsächlich ein blöder Ausdruck.
Erst als der Zimmerkellner ihm die Depesche Laugiers brachte, auf welcher die erbetenen dreitausend Francs angewiesen wurden, fiel alles in sich zusammen: vor der Tatsache, daß er ohne dieses Geld nur noch hundertfünfzig Francs besessen hätte.
»Bestellen Sie mir sofort einen scharfen Tourenwagen nach Paris!« Er wollte bei ›Léon‹ sitzen, wenn Bichette eintrat, er wollte ihre Augen sehen, wenn sie ihn sah, er wollte ...

Gegen zehn Uhr abends passierte das Auto die Porte de Vincennes.
Um zehn Uhr fünfzehn hielt es in der Rue l'Ecluse, einer Seitenstraße des Boulevard des Batignolles, vor dem kleinen Hotel de l'Europe.
Und ein Viertel vor elf erschien Fec bei »Léon«.
Mit einem einzigen Blick hatte er das ganze Lokal abge-

sucht. Kein bekanntes Gesicht war zu sehen. Sogar Jean war nicht da.

Als Fec auf die Straße trat, um einem Taxi zu winken, brach seine Handbewegung jäh ab: ihm war, unbegreiflicher Weise erst jetzt, Ralix eingefallen. Die Möglichkeit, daß dieser Mann mit Bichettes Abreise in Verbindung stand, war groß. Pimpi konnte sie gewarnt haben. Sie war vielleicht gar nicht in Paris, sondern ... Hier eine wahrscheinliche Kombination zu finden war schwer. Am sichersten schien immerhin, daß Bichette in Paris war. Fec gab es deshalb auf, mit weiteren Überlegungen sich herumzuschlagen; umsomehr, als er hoffte, von Pimpi über alles Aufschluß zu erhalten.

Vor dem Hotel Fécamp, auf der Place de Budapest, ließ er das Taxi halten.

Pimpi wohnte im fünften Stock. Obschon der Portier behauptete, Monsieur Pimpi sei nicht zuhause, stieg Fec die fünf steilen Treppen hinauf. Unterwegs erfaßte ihn auf einem Treppenabsatz, so sehr hastete er, ein leichter Schwindel. Er griff, um nicht an die Wand zu torkeln, in einen alten, durchlöcherten Vorhang, der ihn mit Schwaden Staubes überschüttete.

Endlich vor Pimpis Tür, hielt er atemlos inne. Seine Ungeduld, die er verwünschte und trotzdem von Minute zu Minute wachsen fühlte, ließ ihn bereits erwägen, ob es nicht klüger wäre, den Besuch zu verschieben.

Doch da hatte er schon geklopft.

Er riß eine Grimasse und bemerkte gequält, während er fieberhaft lauschte, daß es sehr säuerlich nach Staub und Spülicht roch.

Jemand schlurfte von innen an die Tür, machte sich einige Zeit an ihr zu schaffen, brummte etwas und öffnete sie schließlich langsam ein wenig.

Pimpis hageres, faltiges Gesicht erschien in der Türspalte. Die pomadisierten Haare waren teils aus der Stirn geschoben, teils standen sie steif weg.
»Good day, Pimpi. Wie geht es?« Fec mißriet der Ton so völlig, daß er abermals erwog, ob es nicht doch klüger wäre, unter einem Vorwand sich wieder zu verabschieden.
»Warst du schnell zurück aus dem Wälder.« Pimpi rieb sich die Bartstoppeln und hörte auf, mit dem Kopf zu wackeln. »Und ohne schöner Mädchen, jo?«
»Hast du sie ... Hast du, wie ich vermute, nicht vielleicht Gaby in den letzten Tagen gesehen?« Aus Freude darüber, daß er sich doch nicht verraten hatte, wurde Fec redselig. »Man sagte mir vor einer halben Stunde, daß sie ...« Er sprach noch etwa fünf Minuten, bevor Pimpi Gelegenheit fand, ihm zu sagen, daß Gaby bei dem Sturz aus dem Fenster bloß beide Unterschenkel gebrochen habe und keine Gefahr für ihr Leben bestünde.
»Jo, bist du elegant.« Pimpi unterbrach Fec, der neuerdings ins Reden gekommen war. »Woher hast du der Sachen?«
»Wir waren in Nizza.« Fec sah, sich selber unbegreiflich, an Pimpi vorbei.
»Jo, jo.« Pimpi lachte in seiner angenehmen Art, jedoch mit unverkennbarer Unsicherheit, die Fec infolge seiner Nervosität nicht wahrnahm. »Aber machst du Gesicht ... Sieht es aus wie hineingestürzt.«
»Wie eingestürzt?« wiederholte Fec verwundert. Es war jedoch offensichtlich, daß er es gedankenlos tat. Dann lächelte er schnell. »Die Reise war nicht angenehm.«
Pimpi knarrte mit der Tür, die er immer noch in der Hand hielt. »Warum denn bist du retour gekommen? Staubigem Reise.« Er klopfte ihm, tunlichst jovial, den Staub von den Kleidern.

Fecs Stirn zuckte kurz: irgend etwas an Pimpis ganzem Gehabe war ihm neu. So daß er seine ursprüngliche Absicht, sich ihm anzuvertrauen, welche er anfangs ohne besondere Überlegung nicht ausgeführt hatte, jetzt endgültig aufgab. Er antwortete so ruhig, wie er nur konnte: »Eh ben, du weißt doch, was ich mit Gaby hatte. Ich möchte wissen, wo sie liegt.«

»Wo sie ... Jo, im Spital Lariboisière.«

Fec kam plötzlich der skurrile Einfall, Bichette könnte Gaby vielleicht bereits besucht haben, und verabschiedete sich überhastet.

»Was ist mir dir?« Pimpi verzog spaßhaft das Gesicht. »Wo ist Bichette?« Seine Ohren bewegten sich leise.

»Ich habe ein Taxi unten.« Fec eilte zur Treppe, wütend darüber, daß er nicht zu lügen gewußt hatte.

»Und ich keinen Sou.« Pimpi legte die Zeigefinger an die Ohren und wimmerte komisch.

Fec warf ihm eine Banknote zu, die erste, die ihm in die Finger kam, und rannte die Treppe hinunter.

Hinter ihm erscholl Pimpis Negerlachen.

Im Hospital gelang es Fec mit großer Mühe und nur mit Hilfe von zwanzig Francs, Gaby noch zu sehen.

Sein so unerwarteter Besuch überraschte sie derart, daß ihr vor Erregung Tränen in die Augen traten.

Auf dem Tischchen neben ihrem Bett stand ein Glas mit Freesien.

Fec, der es sofort bemerkt hatte, fragte, an Bichette denkend, ungestüm: »Von wem hast du diese Blumen?«

Gabys Augen erweiterten sich freudig. »Von Schwester Madelon ... Was glaubtest du?«

»Wann wirst du denn wieder gesund sein?« Fec, der nur,

um seine Frage zu verwischen, diese noch dümmere getan hatte, hielt sich ärgerlich den Hals zu.

Gabys Schulter bewegte sich eckig nach vorn. »Ich falle auch nie richtig.« Sie feixte trübselig. Ihre blutleere Hand tastete in den Haaren. Die andere streichelte scheu Fecs Knie. »Sehr schön ist der Complet.«

Fec erblickte die Narbe von Bichettes Biß und senkte unwillkürlich den Kopf.

Gaby, die seinen Blick gesehen hatte, nahm seine Hand. »Hat sie dich also doch auch ...« Sie wagte es augenscheinlich nicht, den Satz zu beenden. Dann sagte sie leise: »Sie ist schon ein prachtvolles Ding. Aber ich glaube nicht, daß sie ...«

Fec wartete ein wenig, bevor er drängte: »... daß sie ...«

»Jedenfalls danke ich dir sehr, daß du gekommen bist. Du bist der Einzige. Du bist überhaupt der Einzige.« Gaby grub das Gesicht in die Kissen und begann zu schluchzen.

Während Fec sie mechanisch liebkoste, überlegte er, ob es auch angezeigt wäre, sie auszufragen. Seine Neugier aber siegte über seinen Kopf. »Hast du Ralix gesehen?«

»Fec!« schrie Gaby plötzlich und richtete sich steil auf. »Ich, Fec, ich ...« Sie stammelte. Ihre weißlich schimmernden Augen rundeten sich fischartig. Sie keuchte: »*Ich* habe den Japaner geholt, ich ... O, ich war ... Laß mich! So laß mich doch! Geh doch schon! Geh doch zu ihr, du ... du ... Auf mich brauchst du keine Rücksicht zu nehmen, du Esel ... du Esel ... O, blöd ist das, hé? O, so hundemäßig blöd ...«

Da einige Kranke im Saal erwacht und unruhig geworden waren, umklammerte Fec Gaby mit beiden Armen und zwang sie langsam ins Bett zurück.

Als sie wieder lag, schloß sie die Hände um seinen Hals,

drückte ihre Wange an die seine und flüsterte ihm mit fliegender Stimme, unter Lachen und Schluchzen, ins Ohr: »O Fec, ich würde dich ja so sehr lieben, *so* sehr ... Ich würde sogar das Coco lassen, wenn du es willst. Ich weiß, daß du es nicht magst ... O, ich hatte damals so fürchterliche Angst, es könnte dir was passieren. Aber ich schwöre dir, daß ich es eigentlich nicht war. Ich wußte ja gar nichts von diesem Japaner. Aber als Jean mich damals losließ, damals, als Bichette mich in die Hand biß ... Ich rannte auf die Straße, sah euch aber nicht mehr, lief wie verrückt herum, durch ein paar Cafés, und dann traf ich in der Rue Véron Loute, die sofort sah, daß was mit mir los war, und mich mitnahm und fragte, und ich Gourde erzähle ihr alles und heule und schimpfe und drohe und ... Loute hat nämlich einen ganz furchtbaren Haß auf Bichette, weil Ralix sie laschiert hat und mit Bichette ging und weil sie weiß, daß Ralix nur wegen Bichette geklemmt wurde. Das glaube ich ja nun nicht. *So* was macht sie ja doch nicht ... O, du hast mich ja nach Ralix gefragt. Ich weiß nicht, ob er schon draußen ist. Aber wenn er draußen ist, dann soll sie sich nur in acht nehmen. Denn Loute wird ihm sicherlich beibringen, daß Bichette es war, und dann ... Fec, ich sag dir da etwas, was ich dir eigentlich nicht sagen würde, wenn ich so wäre wie die andern. Ich sag dir, daß du Bichette warnen sollst. Und ich kann dir deshalb auch sagen, daß du ihr nicht ... Laß sie doch, wo sie ist! Mit *der* ist noch jeder hineingefallen. O Fec, ich würde ja alles machen, was du nur willst. Übrigens, weißt du, daß Pimpi ihr Vertrauter ist? Mit dem muß sie was Besonderes haben. Denn mit dem sieht man sie immer wieder ... Fec, ich würde für dich laufen, wenn du es willst, ich würde ... O Fec ... Bitte glaub mir doch, ich schwöre dir, es war Loute. Dieses Frauenzimmer, diese Bringue, hat sich ganz einfach meine Aufregung zunutze gemacht und schleppte mich in ein Café, wo der Japaner saß, und da erzählte sie alles. Ich hab dort gar nicht den Mund aufgemacht. Aber als dieser schreckliche Kerl dann plötzlich abschob, da ahnte mir schon nichts Gutes, und ich wollte es dir sagen. Den ganzen Tag rannte ich herum. Wo warst du denn nur? Am nächsten Tag erst erfuhr ich von Jean, wie du den Japaner gerollt hast, und wollte ... Wo warst du denn nur? Das hat mich verrückt gemacht, daß ich dich nicht fand ... O, das hat mich ...« Ihre Brust warf sich. Sie konnte vor Schluchzen nicht mehr sprechen.

Nachdem er sie, mühsam genug, beruhigt hatte, überließ Fec sie der Krankenschwester, die eingetreten war, um den nächtlichen Besuch endlich zu beenden.

Fec fuhr in sein Hotel, wusch sich, kleidete sich um und ging ziellos auf die Straße.

Nach wenigen Schritten kehrte er um, eilte in sein Zimmer zurück und vertauschte den eleganten Cutaway mit seinem alten grauen Anzug und dem dunkelgrünen Tuch. Es ärgerte ihn, den Mantel nehmen zu müssen, um nicht den Verdacht der Patronne zu erregen.

Den Rest der Nacht verbrachte er mit bekannten Kokotten in kleinen Bistros. Weder hier noch anderswo vermochte er das Geringste über Bichette zu erfahren; auch nicht, ob Ralix gesehen worden sei.

Gegen sechs Uhr morgens ging er, völlig betrunken, abermals zu »Léon«. Jean war da und begrüßte ihn überschwenglich. Aber auch er wußte nichts.

Später, als er auf der Place Blanche an einem Haus lehnte, beschloß Fec, die nassen Lippen in verbissener Wut aufeinander gepreßt, weder über den Grund von Bichettes Abreise weiter nachzudenken noch über ihren möglichen Aufenthalt, sondern sie ganz einfach zu suchen. Überall. Tagelang. Wochenlang. Er würde sie schon finden. Unter allen Umständen. Er *mußte* sie finden. Dieses selbstgesetzte Muß wurde ihm Zweck und Sinn.

XII

Fec war nämlich seit seinem Besuch bei Gaby, ohne im Grund zu wissen, weshalb, fest davon überzeugt, daß Bichette in Paris war. Tag und Nacht streifte er durch die Straßen, durch Restaurants, Cafés, Bars, Dancings. Kein Quartier ließ er aus und kein Bistro. Überall erkundigte er sich genau. Auch die vornehmen Restaurants und Tea-Rooms frequentierte er regelmäßig.
Etwa drei Wochen lang führte er dieses Leben. Pimpi war er einmal begegnet, hatte vorsichtig versucht, ihn auszufragen, aber stets Antworten erhalten, die ihn im Zweifel ließen, ob Pimpi wirklich etwas wüßte oder nicht. Gaby hatte er einige Male im Hospital besucht, ohne irgend etwas von Bedeutung erfahren zu können; neuerliche kunterbunte Erzählungen, fieberhaft und zweifellos teilweise erfunden, hatten vielmehr den Eindruck der ersten so verwischt, daß Fec es aufgab zu versuchen, Loute in den Weg zu geraten. Nur Jean konnte ihm mitteilen, daß er Ralix zweimal gesehen habe, wie er, augenscheinlich jemanden suchend, durch das Café ging; einmal sei er in Begleitung gewesen. Nach der Beschreibung vermutete Fec, daß es Loute war.
Am selben Abend sah er sie an der Ecke der Rue Caulaincourt stehen, vor dem Plakat des Gaumont Palace, und sprach sie an.

Loute, die ihn lediglich vom Sehen kannte, war gar nicht erstaunt, ja benahm sich, als hätte sie einen guten alten Bekannten vor sich.
Fec begleitete sie, auf ihren Wunsch hin, bis vor ein Haus in der Rue Lamarck. Unterwegs sprachen sie ununterbrochen und sehr heiter, oft sogar sekundenlang gleichzeitig, und überboten sich gegenseitig mit Liebenswürdigkeiten, lustigen Einfällen und tollen Übertreibungen.
Während Fec vor dem Hause auf Loute wartete, ging es ihm durch den Kopf, daß ihr Verhalten von derselben Absicht wie der seinen, ein gewisses Interesse zu verbergen, veranlaßt sein dürfte. Er nahm sich vor, sehr vorsichtig zu sein.
Loute kam lachend aus dem Haus gesprungen, hing sich an Fecs Arm und zog ihn, vor Laune sprudelnd und unausgesetzt schwatzend, in ein kleines Café.
Daselbst entstand nach einigen Minuten ganz unvermittelt und ohne daß es einem der beiden möglich gewesen wäre, es zu verhindern, eine jener qualvollen Pausen, die alles vernichten und manches verraten.
Auch Loute schien das zu fühlen. Sie mied geflissentlich Fecs Blick, beschäftigte sich angelegentlich mit ihrem Picon und begann schließlich in der primitivsten Weise Konversation zu machen.
Als Fec später auf der Straße, innerlich wütend über seine Erfolglosigkeit, sich verabschieden wollte, bat Loute ihn, sie doch ins ›Elysée Montmartre‹ zu begleiten. Fec, der schon ablehnen wollte, erklärte sich gerne bereit, da es ihm war, als verfolge sie damit eine bestimmte Absicht. Während sie tanzte, beobachtete er sie unauffällig, ohne jedoch irgend etwas Besonderes wahrzunehmen. Und als sie weder darüber verwundert sich zeigte, daß er sie nicht zum Tanz aufforderte, noch auch nur indirekt sich bemühte, es ihm nahezu-

legen, war er überzeugt, daß es sich ihr nicht darum handelte, ihn gegen Ralix auszuspielen, den er im Saal vermutet hatte.
Bereits gegen elf Uhr schlug Loute vor zu gehen, aber in der Liberty's Bar noch einen Cocktail zu trinken. Fec war, wenn auch nurmehr resigniert, einverstanden.
Bei ihrem Eintritt wandten sich ihnen alle Köpfe heftiger zu, als dies im allgemeinen der Fall zu sein pflegt.
Als sie saßen und bestellt hatten, sah Fec deshalb besonders scharf umher. Und plötzlich erblickte er, geradeaus vor sich, nur durch das kleine Tanz-Viereck getrennt, Bichette.
Sie saß zwischen zwei Herren mittleren Alters, lachte und scherzte und änderte, obwohl sie Fec zweifellos längst bemerkt haben mußte, durchaus nicht ihr Verhalten.
Fec war verblüfft darüber, daß der so unerwartete Anblick Bichettes ihn keineswegs erregte. Er unterhielt sich wie bisher mit Loute, die allem Anschein nach dieser Begegnung gar keine Wichtigkeit beimaß, und überlegte zwischendurch, was zu tun am schlauesten wäre.
Er entschloß sich endlich, als er Bichette tanzen sah, sie zu einem One-Step aufzufordern, der die beste Gelegenheit zu einem Gespräch bot.
Bichette stand, als er an ihren Tisch trat, höflich auf und hob, als wäre er der erstbeste, liebenswürdig nachlässig die Ellbogen.
Fec umfaßte sie mit größter Zurückhaltung und sagte nach wenigen Takten ruhig: »Ich möchte dich gerne heute noch allein sprechen.«
Bichette sah ausdruckslos auf seine Achsel. »Wird schwierig sein.«
»Warum bist du abgereist?« Fecs Stimme vibrierte nun doch.

Bichette lachte mit dem Atem. »Bah. Ich hab mir gar nichts dabei gedacht.«
Fec, dem der doppelte Hohn dieser Worte sofort bewußt wurde, starrte an ihrem Ohr vorbei. Dabei sah er miteins auf ihrem Hals und im Nacken nur schlecht verpuderte bläuliche Flecke, die von Schlägen herrühren mußten. Augenblicks dachte er an Ralix. »Hat er dich so zugerichtet?«
»Er? ... Wer!«
»Ralix.«
»Zugerichtet?«
»Die Prügelflecke.«
»Sssss ... Überhaupt, was gehts dich an, hein?«
»Also doch Ralix.«
»O, da kennst du mich schlecht.« Bichette wandte den Kopf zur Seite und sandte den Herren an ihrem Tisch ein gemeines Lächeln.
»Eh ben. Sag mir, wann und wo ich dich sprechen kann.«
Bichette schwieg lange. »Komm morgen nachmittag gegen fünf hierher.«
»Du wirst nicht da sein.«
»Taf? Bei mir nicht.«
»Ça y est.«
»Und sag Loute, daß sie tüchtig ist.«
»Tüchtig ...?«
Bichette ließ ihn stehen.

Als Fec im Bett lag, dachte er immer wieder darüber nach, warum Loute ihn mit Bichette zusammengebracht haben könnte und warum sie so hämisch gelächelt haben mochte, als er sie danach gefragt hatte. Das wahrscheinlichste war, daß sie Bichettes Eitelkeit hatte verletzen und gleichzeitig feststellen wollen, wie sie zu ihm stünde. Dem widersprach

aber, daß Loute sich sogar geweigert hatte, mit ihm zu tanzen, und in die Toilette gegangen war, während er mit Bichette getanzt hatte. Schließlich verdrängte das Denken an die bevorstehende Begegnung, an der Fec nicht zweifelte, alles andere. Er durchdachte sie nach allen Möglichkeiten hin. Und kam nach drei Stunden zu dem immerhin verwunderlichen Ergebnis, daß der Ausgang ihm letzthin durchaus gleichgültig sei. Wichtig blieb ihm nur, *daß* er noch einmal mit Bichette sprechen konnte und daß *er* es wäre, der als erster weggehen würde.
Gleichwohl verbrachte er den Vormittag völlig in der Gewalt einer unerträglich quälenden Erwartung. Seine Ungeduld steigerte sich bald dermaßen, daß er bereits um drei Uhr nachmittag sich an ein Fenster der Brasserie Graff setzte, von wo er fast die ganze Place Blanche übersehen konnte. Eigenartiger Weise war es hier, während dieser entnervenden zwei Stunden, daß ihm Zusammenhänge aufgingen, für die er blind gewesen war, Situationen klar wurden, welche ihm rätselhaft geblieben waren, Worte einfielen, deren eigentlichen Sinn er jetzt erst begriff. Dennoch brachte er es über sich, erst zehn Minuten nach fünf Uhr seinen Platz zu verlassen.
Als Fec etwa vier Schritte vom Eingang der Bar entfernt war, sah er, wie Bichette aus der Rue Blanche auf ihn zukam. Es fiel ihm sofort auf, daß sie mit größter Sorgfalt gekleidet war, fast noch eleganter als in Nizza, aber keinen Schmuck trug.
»Hab nicht die geringste Lust, mich dahinein zu setzen.« Bichette hatte ihm nicht einmal die Hand gereicht. »Gehen wir ein bißchen spazieren ... wenn dirs recht ist.«
»Ich glaub dir schon, daß du dich nicht fürchtest ... Eh ben, gehen wir.«

Schweigend bogen sie auf den Boulevard de Clichy ein.
»Ich wollte noch einmal mit dir sprechen«, begann Fec endlich mit unfreier Stimme, »um dich zu fragen, warum du so plötzlich abgereist bist.«
»Wußte ich.« Bichettes Oberlippe warf sich angewidert. »Ich hab mir wirklich nichts Spezielles dabei gedacht. Es hat mich ganz einfach gelangweilt.«
»Das glaube ich nicht.« Fec, der sich doch ärgerte, steckte die erregten Hände in die Hosentaschen und ärgerte sich noch mehr darüber, daß er es tat. »Unser Début da unten hat dir sehr gefallen. Und auch das Resultat hat dir sehr gefallen. In Mentone warst du ja geradezu ausgelassen vor Freude. Und erst in Cap d'Ail, wo du den kleinen Groom küßtest! Und wie der Chauffeur bei der Rückfahrt rasen mußte! Und wie du schriest und tolltest! So hatte ich dich nie zuvor gesehen.«
»Bah. Du könntest ebenso gut Szenen nennen, denen zufolge ich närrisch in dich verliebt war.«
Fec unterließ es, um nicht ihren Stolz herauszufordern, darauf zu antworten. »*Was* hat dich also gelangweilt?«
»Du.« Bichette drehte ihren dicken kleinen Schirm unter der Achsel und blickte verdrossen geradeaus.
»Und warum?.«
»Weil ...« Bichette spitzte bösartig die Lippen. »... weil du ein zu feiner Kerl bist. Oder besser noch – ein zu feiner Mensch. Und wie ich dir ja schon ganz zu Anfang sagte, ist das ein Typ, den ich zum Verrecken finde.«
Fec war maßlos überrascht. »Ich – ein feiner Mensch?«
»Ja, du! Dieses Klugscheißen war ja schon nicht mehr auszuhalten. Gefallen hast du mir ganz zu Anfang, als du noch dein Maul hieltest. Als du den Japaner umlegtest. Als du dieses As von einem Ballot in der Avenue des Ternes blamier-

test. Und als du besoffen warst und diese großartige Abmachung verzapftest. Und als du bei unserer Abreise, nach diesem verrückten Getriller im Taxi, verlangtest, ich solle dich ohrfeigen. Und als du da unten so entzückend frech losgingst. Aber am besten hast du mir doch ganz zu Anfang gefallen, als du noch dein entsetzliches Maul hieltest. Und natürlich auch im Bett. Aber *das* wird ja auf die Dauer mit jedem langweilig.«
Fec schwieg sekundenlang, so sehr hatten diese Worte ihn überrumpelt. Mühsam brachte er endlich hervor: »Du hast einmal etwas sehr Richtiges gesagt – daß *alles* eine Dummheit ist ...«
»Deshalb geht ja auch alles. Und deshalb wundere ich mich, daß du mich von neuem zu langweilen beginnst. Warum denn noch lang und breit darüber hinmeckern, daß ich abgereist bin? Ich *bin* eben abgereist und damit basta! Oder wäre das allein vielleicht *nicht* gegangen, hein?«
»Bichette!« Fec war ihr Name gegen seinen Willen entfahren. Um auch den Schein zu vermeiden, als hätte er es einlenkend getan, fragte er, so heiter er nur konnte: »Sag mir noch etwas. Kurz bevor du in jener Nacht vor dem Coup zu Flinsparker zurückgingst, sagtest du, ich wäre – duschnock ... Warum sagtest du das?«
Bichette, welche bisher mit kaltem Hohn gesprochen hatte, lachte affektiert. »O ... damals ...?« Sie stockte, als verursache es ihr Anstrengung, sich zu erinnern. »Damals? Damit wollte ich sagen, daß ich *immer* dein erbittertster Feind war.«
»Ah!« Fec mußte lächeln. »Aber einige Male hatte es nicht den Anschein.«
»Einige Male?« schmetterte Bichette. »Ist ja großartig! Sehr viele Male sogar! Aber was beweist das, hein? *Was* macht

man nicht alles, um etwas Neues zu erleben? Was *macht* man nicht alles? Man macht *alles*.«
Fec blieb errötend stehen. Sein ganzes Gesicht zuckte nach der Mitte zu. In seinen Augen war ein wässeriger Glanz, während er leise, aber mit deutlichem Entzücken in der Stimme sagte: »*Das* hätte ich wahrhaftig nicht von dir erwartet, Bichette. Das *nicht*. Du bist ja einfach – meisterhaft. Hut ab!« Und er zog tatsächlich die Mütze und verneigte sich vor ihr.
»Merci.« Bichette spielte, mit Mühe ihre Genugtuung verbergend, mit ihrem elfenbeinernen Schirmknauf. »Und man macht sogar Weinkrämpfe.«
Fecs Kopf schnellte hoch. »*Das* glaube ich nicht. Das *nicht*.«
»Doch.«
Fec, der mit einem Mal zu zweifeln begann, hielt es für klüger, nachzugeben, um alles zu erfahren. »Vielleicht.«
»Absolut.«
»Absolut?« Fec lächelte dünn, aber fast schon überzeugt.
»Absolut!« Bichette ging langsam weiter. »Bah. Ich werde deinem Gedächtnis helfen. Und vielleicht auch dir.«
»Mir helfen?«
»Und zwar, indem ich dich von mir kuriere. Indem ich das Geheimnis preisgebe. Indem ich dir ...«
»Geheimnis ...?«
»Ja, Geheimnis! ... Indem ich dir also ergebenst mitteile, daß ich von allem Anfang an die holde Absicht hatte, dich in mich verliebt zu machen, hörst du – verliebt! Und dich dann zu verlassen. V'lan, ich sage dir sofort, daß es mir nicht ganz gelungen ist.«
»Nicht ganz«, meinte Fec gelassen.
»Nur Geduld, Herr Baron!« Bichette hüstelte überlegen.

»Mit dem Weinkrampf fing ich an, um zu sehen, was du nun tun würdest. War er nicht wirklich meisterhaft gemacht, hein? Bist du nicht job auf ihn hineingefallen? Du bist es. Denn du kauftest mir die gelbe Wollkappe. Du nahmst die dreihundert Francs. Und du hast angebissen, als ich dir vorschlug, uns zu machen. Ich habe mir darunter zwar nicht deine reizende Abmachung vorgestellt, aber doch etwas Ähnliches. Ich wollte, du solltest versuchen, in mich verliebt zu sein, um es dann wirklich zu werden. In diesem Sinne war ich der treibende Teil. Und nur deshalb sagte ich damals, du gehörst mir und ich gehöre dir. *Deine* Abmachung hat mir natürlich nicht gepaßt. Deshalb machte ich übrigens die Szene mit meinem Schmuck im Hotel Puget. Nicht, weil ich wankelmütig geworden war. Denn deine köstliche Abmachung hatte ich doch keine Sekunde lang ernst genommen. Ich wollte dich durch diese ... durch diese aufopfernde Handlungsweise besonders fest an mich fesseln, um es leichter zu haben, dich in mich verliebt zu machen. Deshalb war ich auch sehr zufrieden, als du mich daraufhin schlugst. Du hast mich damals nur geschlagen, weil du glücklich darüber warst, daß ich mich so ganz hingab, so ganz ... Ich schrie aber *nur*, um dich in mich verliebt zu machen. *Deshalb* habe ich damals auf dem Balkon im Hotel Ruhl gefragt, was mit dir los sei: nicht, weil ich glaubte, daß unsere Liebe sich mache, und nicht, weil ich glaubte, daß ich dich zu langweilen beginne, sondern weil ich damals zum ersten Mal fürchtete, es könnte mir nicht gelingen, dich in mich verliebt zu machen. *Deshalb* war ich ärgerlich, als dann dein Zuhälterton begann. Nicht der, den ich sehr genau kenne und der ganz anders ist und hinter dem das Blickgetürm steht und das Herz und ... Schlingue! ... sondern dieser trockene, sachliche Ton, auf den ich nicht gefaßt war nach allem, was vorhergegangen war. Und *deshalb* machte ich nach unserem ersten Arbeitsabend in der Jetée diese schlasse Liebesszene, über die ich am Schluß sogar selber lachen mußte. *Deshalb* depeschierte ich an Pimpi, er solle mir schreiben. Der Brief von ihm zog ja auch. Du warst tatsächlich wütend darüber und ein bißchen eifersüchtig. O, nur ein bißchen. *Deshalb* fiel ich am zweiten Arbeitsabend in der Jetée aus der Rolle und wurde boshaft. *Deshalb* machte ich nachher im Zimmer das Geständnis, es wäre stärker gewesen als ich. Mit dem Erfolg, daß du eingestandest, du hättest ähnliche Zustände gehabt, als du Pimpis Brief lasest. Und *deshalb* meine Wut, als ich am Morgen darauf, nachdem ich mich schlafend gestellt hatte, bemerken mußte, daß du vielleicht doch nicht in mich verliebt werden könntest. Und *deshalb*, aber auch aus Wut darüber, weil es mir nicht gelingen wollte, versetzte ich am selben Abend in der Jetée der roten Bia einen Fußtritt. *Deshalb* diese ganze Szene. Mit dem Erfolg, daß du Watt-Wayler verprügeltest. Das war schließlich doch nur Eifersucht. Darum war ich nachher wirklich davon überzeugt, daß du mich liebst, als ich sagte: ›Wir lieben uns.‹ Aber schon am nächsten Morgen, während des Frühstücks, als du sagtest, daß Flinsparker trotzdem gemacht werden müsse, fühlte ich, daß ich mich getäuscht hatte. Und als dann dieses lange blödsinnige Gespräch hinter Cannes kam, wußte ich endgültig, daß es mir nicht gelingen würde, dich in mich verliebt zu machen. Von diesem Moment an begann ich mich eigentlich schon zu langweilen. Begannst du mich zu langweilen. Daß ich am Schluß jenes Gesprächs so vergnügt war, das war Schwindel. Am liebsten wäre ich damals schon davongelaufen. Ich blieb nur, um zu einer Zeit davonlaufen zu können, wo ich dir die meisten Rätsel zu knacken geben würde. Wo es ganz unwahrscheinlich und unerklärlich erscheinen mußte, daß ich davonlief. Daher meine ausgelassene Stimmung im Mentone und Cap d'Ail. Und weißt du, weshalb ich in Monte plötzlich in dein Zimmer kam, scheinbar ganz grundlos? Nur um zu sehen, ob du nicht vielleicht *doch* nicht wolltest, daß ich mit Flinsparker ... Und als ich *nachher*, gegen drei Uhr morgens, nochmals zu dir kam, wieder scheinbar ganz grundlos, kam ich nur, um zu sehen, ob du vielleicht *jetzt* anders wärst. Statt dessen warst du nicht einmal mau und lau wie die andern, sondern sogar entzückt darüber, daß es geschehen war. Oder tatest bloß so, um mich zu ärgern. Ich bemerkte aber auch, daß du während des folgenden Gesprächs zum ersten Mal weniger beteiligt warst als sonst, zum ersten Male nicht deine ganze Energie ... couçi couça zum Dichten verwendetest, zum ersten Mal beinahe gleichgültig warst. Du gabst dir nicht einmal die selbstverständlichste Mühe, meine gefährlichen Fragen auch nur halbwegs geschickt zu beantworten. Das aber war *nur* möglich, nachdem ich mit einem andern geschlafen hatte. Das ist immer so. Bei *dir* aber hätte es *nicht* so sein dürfen. Bei *dir* nicht. Du hättest ... V'lan, weißt du, womit ich zu halten gewesen wäre? Du hättest mich lieben müssen und deshalb verlassen. Du – mich. Dann wäre ich dir nachgelaufen und hätte dich vielleicht niedergemacht, wenn du nicht bei mir geblieben wärst. Ich hielt dich für den einzigen Mann, der dazu fähig gewesen wäre, mir davonzulaufen. Und mir muß man davonlaufen, wenn man mich liebt. Du aber bist mir nachgelaufen, wie alle andern. Und ich bin dir davongelaufen, als ich ganz sicher wußte, daß du mir nie davonlaufen würdest. Nie. Und das wußte ich, als du mir sagtest, daß auch ich dein erbittertster Feind wäre. Denn so was sagt ein Mann nur, um sich besonders raffiniert vom Gegenteil zu überzeugen. Und ich wiederhole dir, daß ich immer dein erbittertster Feind war. Denn hätte ich ganz erreicht, was ich wollte, so wärst du mir davongelaufen, hättest mich, die ich dir dann nachgelaufen wäre, zurückgestoßen, und ich hätte dich dafür niedergemacht oder ... Bah! Jedenfalls wäre es dir sehr übel bekommen ... Übrigens, glaubst du denn wirklich, ich hätte nicht gewußt, daß du mich seit Wochen in ganz Paris suchst? In jedem Loch?« Sie hatte sich so in Hitze geredet, daß sie die Übersicht über das, was sie noch sagen wollte, verlor und fast auch die Stimme, die ihr während der letzten Sätze nicht mehr gehorchte.

Fec, der es zuwege gebracht hatte, sie nicht zu unterbrechen, um vielleicht die Wahrheit zu hören, wartete ein wenig, da er hoffte, Bichette würde weitersprechen.

Sie tat es nicht, weil sie dieses Warten fühlte, aber auch, weil sie nicht mehr imstande gewesen wäre, längere Zeit zusammenhängend zu sprechen. Sie schlug während des Gehens mit ihrem Schirm im Takt auf den Sand und lächelte dazu, als dächte sie an etwas ganz Fernliegendes.

»Eh ben, daß du wußtest, wie ich dich suchte ...« Fec war es in diesem Moment wichtiger, daß er etwas sagte, als was er sagte. »Es war selbstverständlich, daß du es erfuhrst.«

»Noch am Tag meiner Ankunft in Paris habe ich gewußt, daß du, nur wenige Stunden später, ebenfalls angekommen warst.«

»Hat dich das nicht — überrascht?«

»Ja. Denn ich habe es von dir selbst erfahren.« Bichette belauerte ihn neugierig von der Seite her.

»Mach keine faulen Scherze!« Kaum aber, daß er das gesagt hatte, fiel Fec ein, daß er ja ... Er sah Pimpis steif wegstehende pomadisierte Haare ...

Aber da sagte Bichette es auch schon: »Ich stand hinter der Tür, als du mit Pimpi auf dem Korridor sprachst.«

»Ça y est.« Fec vermochte doch nicht, sich eines leisen Wutgefühls zu erwehren. »Deshalb ließ er mich nicht eintreten. Und deshalb fragte er mich noch, wo du seist, dieser ...«
»Pimpi war der erste, den ich aufsuchte. Ich fuhr direkt vom Bahnhof zu ihm.«
»Der Portier war wohl instruiert.« Fec rieb die Zähne aufeinander.
Bichette nickte, die Zunge hinter den offenen Lippen hin und her bewegend. »Aber ich mach dir mein Kompliment.«
Fec blieb, wütend, weil er vermutete, es würde eine neuerliche Demütigung sein, mit gespreizten Beinen stehen.
Bichette lächelte verbindlich. »Mein Kompliment dazu, daß es dir gelang, Mentone so rasch zu verlassen. Das hat mir eigentlich von allem, was du geleistet hast, am meisten imponiert. *Wie* hast du das nur gegouapt? Du bist per Auto gekommen, hein? Du warst ja ganz staubig. Das sah ich durch die Ritze.«
»Ja.« Fec ging beruhigt weiter.
»Du hattest aber doch nur noch ... vielleicht dreihundert Francs.«
»Hundertfünfzig.«
»Also eine Gelegenheit.«
»Nein. Ich depeschierte Laugier um dreitausend.« Fec, der jetzt erst sich erinnerte, Bichette von seiner letzten Begegnung mit Laugier nichts gesagt zu haben, erzählte, sachte triumphierend.
»Warum hast du mir das verschwiegen?« schrie Bichette.
»Ich habe darauf vergessen.«
»Vergessen? Du vergißt ja sonst nichts!« Bichette versuchte gar nicht, ihren Zorn zu verbergen.
»Allerdings.« Fec schneuzte sich, besonders geräuschvoll,

um Bichette noch mehr zu ärgern. »So vergaß ich zum Beispiel auch nicht, nachträglich darüber erstaunt zu sein, daß Flinsparker, als er den Scheck für mich ausschrieb, nicht entdeckte, daß er bestohlen worden war. Ich weiß nämlich, daß er sein Scheckbuch in seinem Portefeuille aufbewahrt. Eh ben.«

»Was willst du damit sagen, hein?« Bichette bemerkte nicht einmal, wie lächerlich ihre Empörung war. »Übrigens hast du gelogen. Du hast einfach gespielt.«

»Gespielt?« Fec begriff nicht sofort.

»Ist das nicht das Nächstliegende? So dumm ist Laugier denn doch nicht.«

»Ah ...« Fec dachte angestrengt nach. »Ha, jetzt hab ichs! Ja, selbstverständlich! Ja, so war es! So und nicht anders!«

»Wovon sprichst du denn?«

»Von Flinsparker.« Fec steckte kurz einen Finger zwischen die Zähne. »Während du das erste Mal bei mir warst, damals nachts im Hotel in Monte, war er im Casino und spielte. Die fünfzehntausend hatte er gewonnen und dir geschenkt, kurz bevor du zum zweiten Mal zu mir kamst. Deshalb hast du die Vase im Korridor nicht benützt. Es ist mir damals, freilich nur flüchtig, aufgefallen, daß du in diesem wichtigen Detail abgewichen bist. Du erzähltest es mir auch, ohne daß ich nach dem Geld gefragt hätte. Und zogst es – aus dem Strumpf.« Fec senkte die Augen, so sicher war er. »Nun, hab ichs erraten?«

»Teilweise.« Bichette war doch erstaunt über seinen Scharfsinn und darüber, wie nahe er der Wahrheit gekommen war. Deshalb log sie seltsamer Weise nicht, obwohl sie es gerne getan hätte. »Flinsparker hat sich natürlich sofort mit mir zeigen wollen, gab mir zwanzigtausend Francs zum Spielen und ging mit mir ins Casino. Da ich nie Glück im Spiel habe, setzte ich so, daß ich nicht viel verlieren konnte. Während Flinsparker einmal mit Bekannten sprach, lief ich ins Hotel, sah die Kreidenummer und kam zu dir. Als er dann gegen drei Uhr morgens fünfzigtausend Francs verloren hatte, keinen Sou mehr in der Tasche und schwer besoffen war, hatte ich von meinen zwanzigtausend noch rund fünfzehntausend, mit denen ich ...«, sie biß, Fec beobachtend, an ihrer Unterlippe, »dir eine Freude machen wollte. Im Zimmer fiel er dann wie ein Sack ins Bett und ...«

Fec blieb stehen und starrte sie an.

Bichette schüttelte sich. »Aus dir werde ich nie klug.«

Fec faßte sich nur schwer. »Du hast also ... als du zum zweiten Mal gegen drei Uhr ... zu mir kamst ... Du hast also überhaupt nicht mit Flinsparker geschlafen?«

»*Das* ist es?« Bichette schaukelte sich, häßlich kichernd, in den Hüften. »Sssss, ist das schlaß! Gerät der Kerl aus dem Häuschen, weil es zufällig *nicht* ... O, ich verstehe. Du ärgerst dich blau, daß du dich so blödsinnig benahmst, *obwohl* doch gar nichts geschehen war, hein?«

»Hat er dich wenigstens geküßt?« Fecs Gesicht verzerrte sich vor Ungeduld.

»Warum interessiert dich denn das?«

Fec hieb sich die Faust in die Hand. »*Hat* er dich geküßt oder nicht?«

»Er hat mich *nicht* geküßt.« Bichette, die nicht wußte, wie sie Fec am meisten ärgern könnte, wußte deshalb auch nicht, wie sie am besten lügen würde. »Das heißt, er hat mich auf der Fahrt nach Monte im Wagen geküßt und dann auch noch im Hotel. So ein bißchen. Eben so wie ein Amerikaner. Aber später nicht mehr.«

»Hm. Ist das wahr?« Fecs Augen brannten.

Bichette, die nicht gelogen hatte, zuckte die Achseln und ging weiter.
Fec folgte ihr, wunderlich grinsend. »Als du nachts um drei Uhr zu mir ins Zimmer kamst, waren also bereits Stunden verstrichen seit dem letzten Kuß. Ja oder nein?«
Bichette wandte sich um und schrie: »*Was* hast du denn nur? Bist du denn absolut verguipst?« Sie spie ihm vor die Füße.
Fec trat neben sie und ergriff im Weitergehen ihren Arm. »Eh ben, es ist ja schon gut.«
Bichette entriß sich ihm. »*Was* willst du überhaupt noch von mir?« Sie versetzte ihm einen schmerzhaften Stoß in die Rippen. »Bist du immer noch nicht kuriert?«
»Die ganze Geschichte wird tatsächlich geheimnisvoll.« Fec band lächelnd sein Halstuch fester.
»Du glaubst mir also nicht.«
»Nein.«
»Auch nicht, daß ich dich nur in mich verliebt machen wollte.«
»Nein. Du kotzt keineswegs immer alles heraus.«
Bichette zog den Mund schief. »Hab ich es dir nicht absolut klar bewiesen?«
»Nein. Deine Beweise widersprechen einander zum Teil. Und zum Teil sind es Hinterher-Motivationen.«
»Hein?« Bichette war erbost darüber, daß sie dieses Wort nicht verstand. »Tocer Klugscheißer!«
»Du bist ingeniös!« Fecs Nase zuckte. »Aber ich bin sehr weit davon entfernt, es dir leicht zu machen, mich anzulügen. Deshalb verzichte ich darauf, dir die vielen kleinen Widersprüche vorzuhalten, sondern beschränke mich auf den größten ... Eh ben, wie kommt es, daß du mich für den einzigen Mann hieltest, der dazu fähig gewesen wäre, dir davon-

zulaufen, zu einer Zeit, da du bereits einen Mann hattest, dem du nachliefst? Vermutlich, weil er dir einmal davongelaufen ist?«

Bichette schlug sich mit den Fingern unters Kinn. »Pimpi.«

»Gewiß.«

»Der ist bloß mein Pudel.« Bichette bedauerte aber sofort, daß sie nicht gelogen hatte.

»Du bist naiv.«

»Wer weiß, ob nicht auch bei dir sämtliche Standpunkte verfehlt sind.«

Fec war es, als erinnere er sich an etwas. Es gelang ihm jedoch nicht, es zu fassen. Zudem war er zu sehr darauf aus, Bichettes Stolz zu beugen. »*Wer* hat dich also verprügelt?«

Bichette sah ihn verwundert an. »Wer mich ...? O, das war Loute.«

»Loute? Das bezweifle ich.«

Bichette geriet abermals in Wut. »Und wenn ich dir sage, daß sie mich, ganz ebenso wie du und ganz ebenso wie Ralix, seit Wochen suchte? Und daß sie mich vor zwei Tagen auf der Straße erwischte? Ich war leider zu gut angezogen. Die Jacke war zu eng. Und der Rock auch. Deshalb war sie im Vorteil. Sonst ... à la Saint Glinglin. Aber daß sie dich in die Liberty's Bar schleifte, war doch tüchtig von ihr. Nur — verkalkuliert.«

»Meiner Ansicht nach war das ein Zufall.«

»Wie sicher er ist!« Bichette maß ihn langsam. »Es war *kein* Zufall. Es *war* Absicht. Sie hatte mein Hotel herausbekommen, wie schon damals, und überwachte mich. Sie schleifte dich heran, weil sie hoffte, ich würde die angebotene Revanche in deiner Gegenwart unter allen Umständen annehmen. Sie wartete nur so darauf, daß ich ihr ein Zeichen geben würde. Wir wären dann auf die Straße hinaus, hätten uns eine menschenleere Seitengasse ausgesucht und hätten ... Bah! Wenn ich es getan hätte, hätte sie mich wahrscheinlich hinterrücks nieder gestochen. Um ihren Ralix wiederzubekommen. *Ihren* Ralix! Riche, hein?«

Fec war, ohne besondere Veranlassung, von der Richtigkeit dieser Erklärung überzeugt; ebendeshalb aber machte es ihm Vergnügen, sie anzuzweifeln. »Sie hat es aber doch sogar vermieden, mit mir zu tanzen. Überhaupt sich sehr zurückhaltend benommen.«

Bichette blickte verächtlich zu Boden. »Um mir zu zeigen, *wie* sicher sie sich deiner fühlt.«

»Hm.« Fec schneuzte sich. »Hast du mir das auch erzählt, um mich in dich verliebt zu machen?«

»Kamel!« Bichette verzog den Mund in unbeschreiblicher Geringschätzung. Gleichzeitig erwiderte sie das geile Lächeln eines Passanten, der mit einem mitleidigen Blick auf ihren Begleiter quittierte.

Fec sah, wie sie diesen Blick begrinste, und schmunzelte. »Vielleicht bist du mir bloß davongelaufen, damit ich dir nachlaufe? Um mich *dadurch* in dich verliebt zu machen ... Um Effekt zu machen?«

»Daß du schlau zu kombinieren verstehst, weiß ich.« Bichette leckte langsam ihre Oberlippe. »Aber du tätest vielleicht doch besser, mir noch einige Widersprüche nachzuweisen.«

»Gern.« Fec näherte sich ihr und ging dicht neben ihr einher. »Eh ben, wie kommt es, daß ich dir sehr gefiel, als ich besoffen war und diese großartige, diese reizende, diese köstliche Abmachung verzapfte, obwohl diese Abmachung dir durchaus nicht paßte? Und wie kommt es, daß du die holde Absicht hattest, mich in dich verliebt zu machen, um mich dann zu verlassen, obwohl du doch wolltest, daß ich dich verlasse, um dir zu beweisen, daß ich dich liebe?«

»Schlingue!« Bichette vertrat ihm, den Schirm vor sich in den Sand stemmend, den Weg. »Wenn du glaubst, daß ich ...«

»Ich bin noch nicht fertig. Und wie kommt es, daß du alles, was du machtest, um mich in dich verliebt zu machen, *gemacht* hast, obwohl die Absicht, mit der du es gemacht haben willst, so bedenklich schwankt?« Fec stellte ein Bein über und zündete sich eine Zigarette an.

Bichette senkte plötzlich die Augen. Sie war über und über rot geworden.

Fec, der sofort wußte, daß sie sich das nie verzeihen würde, beschloß, vielleicht sogar, um ihr den Rückzug zu ihm nicht gänzlich abzuschneiden, ihr zu Hilfe zu kommen. »Es handelt sich eben um etwas ganz anderes. Du bist grenzenlos stolz. Du wehrst dich gegen jeden Mann. Und ganz besonders wild gegen einen, von dem du fürchtest, er könnte dich eines Tages beherrschen. Du hast dich auch gegen mich gewehrt. Von allem Anfang an. Das fühlte ich bereits damals, als wir zum ersten Mal nachts von ›Léon‹ ins Aëro gingen. Damals sagtest du, daß jeder Mann dich langweile. Das sagtest du nur, weil ich zum ersten Mal etwas Feines gesagt hatte ... Ah, jetzt weiß ich, worauf du vorhin anspieltest ... Dagegen, gegen dieses Feine, glaubtest du dich sofort zur Wehr setzen zu müssen, um mich nicht aufkommen zu lassen ... Und ich fühlte es bereits, als du die gelbe Wollkappe in der Rue Démours in einem Ladenspiegel betrachtetest und dann im Weitergehen mir zulächeltest. Es war mir damals unmöglich gewesen, zu entscheiden, wie. Heute weiß ich, daß es siegesgewiß war, dieses Lächeln ... Und ich

fühlte es bereits, als du so wuchtig behauptetest, nicht mehr leer laufen zu können, und auf die Laterne stiertest. Dieses Stieren war schon gegen mich gerichtet, und dein sonderbares Lächeln kurz nachher bestätigte es mir ... Und ich wußte es fast schon, als du, nach der Rauferei mit dem Japaner, im Hotel Puget nicht wiederholen wolltest, was du gesagt hattest. Heute weiß ich, was du damals gesagt hast. Nicht wörtlich, selbstverständlich. Aber den Inhalt. ›Warum stehst du denn noch da?‹ Ungefähr das war es.« Er zertrat mit einer kurzen Drehung des Fußes die Zigarette, die ihm aus dem Mund gefallen war.
Bichette hob jäh den Kopf.
Fec erkannte an dem verwilderten Ausdruck ihrer Augen, daß er sich nicht geirrt hatte. Er vergaß, was er noch eben gewollt hatte, und sprach, während er bisher oft gezögert hatte, nun mit voller Sicherheit. »Eh ben. Dieses ›Warum stehst du denn noch da?‹ war teils freilich die Wirkung deiner Ermüdung. In der Hauptsache aber doch nur die Wirkung meiner Triumphe von Gabys Eifersuchtsanfall an über das Ballot-As der Avenue des Ternes hinweg bis zur Umlegung des Japaners. Dieses Plus hieltest du nicht aus. Dagegen mußtest du dich wehren. Da du aber doch einsahst, wie unvorsichtig du dich benommen hattest, verzichtetest du auf eine Wiederholung. Zudem warst du sicherlich auch Pimpis wegen wütend auf mich. Du warst besorgt um ihn und schobst die Schuld an seinem Malheur auf mich. Deshalb hattest du dich auch vorher auf der Straße, auf dem Weg zum Aëro, von mir losgerissen. Und als du mich tags darauf auf den Stuhl stießest, warst du wütend, weil du fürchtetest, ich könnte bemerkt haben, wie du eigentlich zu Pimpi stündest. Ich hielt ihn damals allerdings bloß für einen Verströmten. Nur deshalb, um davon abzulenken, fingst du gleich hin-

terher von unserer Abmachung an zu reden. Selbstverständlich aber auch, weil sie dir überhaupt in den Kram paßte. Du wolltest mich mit ihr fangen. Unaufrichtig nannte ich dich damals, weil es dir mit dieser Abmachung gar nicht ernst war, was du ja bereits zugegeben hast. Aber erst seit heute sehe ich ganz klar. Die Szene mit dem Schmuck hast du gemacht, um ihn mir zu zeigen. Um mich mit ihm zu locken, festzuhalten und so leichter unterzukriegen. Und als wir dann rauften, hast du nur geschrien, weil du nahe daran warst, zu unterliegen. Du bist getaumelt, weil du einen Absatz verloren hattest. Ich sehe es noch, wie nachher deine Augen lauernd auf mich gerichtet waren, so lange, bis ich den Kofferschlüssel eingesteckt hatte. Nun glaubtest du, es erreicht zu haben. Und als du mich wegschicktest, um das Armband zu verkaufen, lächeltest du triumphierend. Zum Teil mit Recht. Denn ich glaubte damals, daß dein Létsch dir gehörte. Heute weiß ich, daß er dir nur teilweise oder überhaupt nicht gehören kann. Welche Frau, überdies deines Schlages, lebt wie du, wenn sie ein kleines Vermögen im Koffer hat? Gewiß, du bekamst auch Schmuck. Aber eine Frau wie du sammelt ihn nicht, sondern trägt ihn oder bringt ihn durch. Du trägst ihn aus Vorsicht nicht. In Nizza trugst du die Saphir-Agraffe so, daß man sie fast nicht sah. Und nur, weil es nicht anders ging. Ich war dir also gerade gut genug dazu, Pimpis Beute zu versilbern. Du triumphiertest aber auch, weil ich zur Abreise bereit war. Ich fuhr jedoch nur aus Besoffenheit, Gleichgültigkeit. Du glaubtest, deinem Sieg über mich nun ganz nahe zu sein. Deshalb deine so unvermittelte Begeisterung im Taxi, als wir in Paris zum Bahnhof fuhren. Sie war vielleicht sogar wirklich kein glattes Theater, sondern eine suggestive Stimmung wie die meine. Eine solche Stimmung war ja auch mein besoffener Speech

bei ›Léon‹. Ich möchte wetten, daß du dir damals sagtest: ›Er spricht überhaupt noch von Liebe, will sie noch, will also noch einen letzten hirnrissigen Versuch machen, ist also ein Kamel.‹ Und ich wette, daß du an jenem Morgen bei ›Léon‹ mit Pimpi ein Rendez-vous hattest. Jedenfalls war es sicher, dich um diese Zeit dort zu treffen. Das, was er dir dann nachmittags im Hotel Puget sagte, wollte er dir schon am Morgen sagen ... Ah, jetzt erinnere ich mich an etwas! ›Wenn es keine blöden Leute gäbe, wäre es gar nicht so nett auf der Welt.‹ Das galt mir. Pimpi log ja damals. Er hatte deine Adresse nicht von Loute erfahren. Denn der Patron vom Aëro sagte ihm unsere neue Adresse ja nur, weil er ihn kannte. Übrigens sah ich damals deine Ledertasche mit dem Schmuck zum ersten Mal. Ça y est ...«
»Ta gueule!« Bichette, die bis dahin bewegungslos zugehört hatte, bog ihren Schirm zwischen den Händen, daß er knackte, und machte ein paar Schritte. »Hast ein gutes Gedächtnis.«
»Wenn ich dem deinen, das auch nicht schlecht ist, geholfen haben sollte, würde es mich freuen.« Fec preßte ihren Arm fest an sich und sagte, als sie ihn nicht zurückzog, weich: »Ich glaube, liebe Bichette, uns beiden ist überhaupt nicht mehr zu helfen.«
Bichette öffnete rund die Lippen, vag lächelnd. »Aber mein Létsch ist wirklich nicht geroupt. Da muß dich einer eingefettet haben.«
»Beim Anblick der beiden Koffer damals ... Du machtest ein zu Tode erschrockenes Gesicht, als wäre etwas Furchtbares passiert ... als wäre man euch auf der Spur ...«
Bichette unterbrach ihn ganz leise: »Pimpi wollte, daß ich mich aus dem Staub mache. Wegen Ralix. Deshalb brachte er mir den Létsch. So wie ich lebe, brauche ich doch jeman-

den, der ihn mir aufhebt. Und ohne Geld ... Nur deshalb schickte ich dich verkaufen.«

»Ralix war die Veranlassung. Der Grund aber war ich. Du kannst doch ohne Paris nicht leben. Du wolltest nur so lange wegbleiben, bis Pimpi die Sache mit Ralix arrangiert hätte. Vermutlich will er ihn noch jetzt – arrangieren. Und diese Wochen erzwungener Abwesenheit wolltest du – Gelegenheit macht vieles – dazu benützen, *mich* zu machen.« Fec drückte seine Finger der Reihe nach in ihren Unterarm, um seinen Worten eine gewisse Harmlosigkeit zu geben.

»Nein, ohne Ralix wäre ich sicherlich *nicht* nach Nizza«, sagte Bichette sehr bestimmt.

»Und jetzt bist du hier, obwohl er schon seit drei Wochen draußen ist. Weswegen bist du dann also fort von Paris, wenn nicht meinetwegen?«

Bichette schwieg, die Schultern rollend.

Es erstaunte Fec, daß sie ihm ihren Arm ließ. Und es machte ihn irgendwie fröhlich. »Übrigens habe ich damals im Hotel Puget wohl bemerkt, wie du spöttisch den Mund verzogst, als ich vor Pimpis Ohren mit den Fingern schnalzte, während ich zum Fenster ging. Ich hatte es damals nur noch nicht *gesehen* und den ›Hering‹ noch nicht *gehört* ... und das Negerlachen haha ...«

Bichette summte.

»Hat dir wenigstens Pimpi den Raub wieder abgenommen, dieser schlaue Pudel? Als du hinter der Tür standest, muß es dir einigermaßen Vergnügen gemacht haben, zu sehen, wie ich ihm hundert Francs zuwarf. Oder hatte er sie vielleicht wirklich nötig? *Dir* wäre das zuzutrauen.«

»Merci.« Bichette summte immer noch. »Viel mehr Vergnügen hat es mir gemacht, daß du so aufgeregt warst. Jedenfalls nicht wegen Gaby, hein?«

»Nein, deinetwegen.« Fec preßte ihren Arm so fest an sich, daß sie fast aufschrie.
»Oder wegen ...« Bichettes Finger machten die Bewegung des Geldzählens.
Fec geriet jetzt geradezu in Laune. »Du hattest *nicht* mehr, als alle meine Weiber gehabt haben.«
»Guips ist das.«
»Damals, als du das Gegenteil behauptetest, wolltest du verbergen, daß du dich verraten hattest. Allerdings faßte ich es anders auf, denn sonst ... Warst du wirklich zwei Jahre in einem Pensionat?«
Bichette blies ihm lachend in die Augen. »Das hab ich doch auch nur gesagt, weil ich mich ... In dem kleinen Hotel in der Nähe des Bahnhofs in Nizza hast du mir, nachdem wir das erste Mal in der Jetée gewesen waren, allerlei erzählt ... deine vornehmen Weibergeschichten und Schandtaten von früher, die ich dir sogar noch vor den indirekten Bestätigungen dieses alten Patapouf geglaubt habe.«
»Du hast mir noch nicht gesagt, warum du behauptet hast, daß du zwei Jahre in einem Pensionat warst.« Fec fragte nochmals, obwohl er genau verstanden hatte, was sie ihm hatte zu verstehen geben wollen.
»Couçi couça, warum nicht.« Bichette wand sich aber doch noch ein wenig. »Ich hab es gesagt, weil ich mich ärgerte ... weil ich fürchtete, in diesem Punkt nicht konkurrenzfähig zu sein ... oder so. Ich – in einem Pensionat!« Es war im Ton dieser Ablehnung zu erkennen, daß sie ihre Offenheit bereute und sich bereits wieder zu ärgern begann. »Mein Vater war Fleischhauer, zuvor aber sieben Jahre auf den Bagnos. Und meine Mutter starb an einer Wurstvergiftung in St. Lazare. Ich glaube, sie war ...«, sie lachte plötzlich heiser auf, »eine Rombière.«

»Ich wußte gar nicht, daß du so — empfindlich bist.«
»Empfindlich? Ich möchte wissen, wer von uns beiden empfindlicher ist.« Bichette pfiff ein bißchen. »Ich bin nicht viel anders als du. Weißt du, was mich am allermeisten geärgert hat?«
Fec überlegte. Und da seine zahlreichen Rekapitulationen es ihm erleichterten, zu suchen, fand er schnell etwas. »Ah! Daß ich damals auf der Promenade in Nizza dir so trocken und sachlich den Fall Flinsparker vorschlug ... Wie du dir da die Brüste streicheltest ... Damals hast du dich am meisten geärgert, nicht wahr?«
»Auch damals. Aber am allermeisten ... Weißt du noch, wie du sagtest: ›Du warst diesem Bann komplett verfallen?‹ *Das* hat mich ganz entsetzlich geärgert. Du kannst dir das gar nicht vorstellen. Ich glaube, daß ich, wenn du *das* nicht gesagt hättest, daß ich dann ...«
»Dann hättest du vielleicht gar nicht hinterher motiviert und wärst auch nicht abgereist.«
»Was fällt dir ein! Das ist ja riche!« Bichette machte ihren Arm frei und ging rascher.
»Jetzt ist dir aber doch klar, was ich mit Hinterher-Motivationen meinte.«
»Bah!« Bichette wurde blaß, weil sie fühlte, daß sie es nicht mehr ertragen würde, weiter unrecht zu haben.
»Eh ben, dann werde ich es dir eben doch sagen müssen. Diese ganze Geheimnis-Entschleierung, dieses Märchen des Mich-in-dich-verliebt-Machens, war nichts weiter als eine sogar nicht ungeschickt zurechtgestutzte Erfindung deines Köpfchens, um mich mit ihr zu Boden zu schlagen. Um deinen grenzenlosen Stolz zu befriedigen. Und er brauchte diese Befriedigung, weil du tatsächlich eine Zeitlang in mich verliebt warst. Erinnere dich doch nur daran, wie du mich in

dem kleinen Bouillon in der Rue Lépic plötzlich auf den Ärmel küßtest und wie du nachher in der Moulin de la Galette bei einem der letzten Tänze mit meinen Haaren spieltest ... wie du immer mit meiner Mütze spieltest ... in deinem Schoß.«

»Ta gueule!« Bichette wandte ihm blitzschnell ihr zitterndes Gesicht zu, das vor Haß glühte. »*Wer* hat dich um deinen Anteil betrogen? *Wer* hat dich bestohlen? *Wer* hat dich mit drei ... mit hundertfünfzig Francs und einer unbezahlten Hotelrechnung von mehr als sechshundert Francs aufsitzen lassen? *Wer* ...?«

»Du, du, du ... eh ben, du!« Fec grinste entzückt. »Und zwar aus einem sehr einleuchtenden Grund. Um dich nämlich, da deine Liebe unerwidert blieb, damit zu rächen, daß du wenigstens meine Wut auf dich zogst. Meine Wut über den schweren Geldverlust. Und nun deine doppelte Wut, da du erkennst, daß ich dich durchschaut habe und nicht nur nicht wütend darüber bin, von dir gerollt worden zu sein, sondern vielmehr im höchsten Grade ... sagen wir — ergötzt.«

Bichette sagte mit gänzlich veränderter Stimme: »Das glaubst du doch selber nicht, daß ich dich ... sagen wir — geliebt habe.«

Fec verblüffte diese hohle kleine Stimme so, daß er sich fast schämte. Schnell aber schnalzte er gleichgültig mit der Zunge. »Jedenfalls hast du, was das Geld betrifft, wie du *jetzt* wohl zugeben mußt, geirrt. Sehr geirrt. Freilich konntest du nicht wissen, *wie* belanglos dieser Gebrauchsgegenstand für mich geworden ist.«

»*Das* konnte ich allerdings nicht wissen.« Bichette lachte ekelhaft. »Wieviel willst du? Das ist doch der Zweck dieses ganzen Getrillers.«

»... heißt man Abenteuer!« entfuhr es Fec.
»Hein? ... Abenteuer? ... Bist ja überhaupt maboul.«
Fec mußte niesen.
Bichette kicherte. »Er beniest es auch noch. Er beniest es.«
Fec fühlte sich miteins wie befreit, wie aus sich selbst herausgehoben, wie ganz fern von allem, um das zu quälen er aus tiefster Müdigkeit sich hatte treiben lassen. Er sang, hell und leicht: »J'ai une femme qui aime les animaux, ça c'est rigolo, ça s'est rigolo ...«
»Ça c'est rigolo ...« Bichette stieß mit dem Fuß nach ihm.
»Du liebst ja doch bloß die Tiere. Und mit Recht.«
»Schnock!«
»Und der Japaner? Und Pimpi? Und auch Ralix?«
»Pimpi? ... Nein.«
»Ein gelber Affe, ein Pudel und ein Zebra.«
»Witze!« Bichette schien mit sich zu kämpfen. Und plötzlich preßte sie schneidend hervor: »Pimpi ist mein Bruder.«
Es war Fec so unwichtig, ob er es glauben sollte oder nicht, daß er tat, als glaube er es. »Deshalb also durfte er dich so oft besuchen. Kurz vor unserer Abreise nach Nizza, als ich mit deinen Röcken und Schuhen ins Hotel zurückkam, war er übrigens noch einmal bei dir gewesen.«
»Bist du ihm begegnet?«
»Nein. Aber es roch nach ihm. Allerdings fast unmerklich. Deshalb glaubte ich, mich getäuscht zu haben. Auch, als wir noch im Aëro wohnten, muß er oft bei dir gewesen sein.«
»Ja. Hast du es gewußt?«
»Nein. Aber als du den Weinkrampf bekamst und aus dem Zimmer liefst, schoß es mir durch den Kopf: ›Den machte sie nur, um draußen jemand zu treffen.‹ Es war jedoch nur ein Augenblick. Ich vergaß es sofort. Jetzt freilich ...«

»Hör, Fec«, begann Bichette nach einer Weile gedehnt, »ich werde dir jetzt aufrichtig sagen, was es mit dem Weinkrampf für eine Bewandtnis hatte … Ja, ich habe ihn gemacht. Aus Zorn darüber, daß du mich nicht schön fandest.«

»Lassen wir das, Bichon.« Fec, der jetzt wirklich davon überzeugt war, ihr nichts glauben zu können, suchte nach einem für ihn vorteilhaften Abschluß des Gesprächs. Deshalb sah er nicht, daß Bichette erregt an ihrer Unterlippe biß.

»Hör, Fec, als wir das erste Mal im Aëro zusammen schliefen, fragte ich dich, ob ich schön sei. Du sagtest ganz trokken – ja. Und im Hotel Puget, als ich dich zum zweiten Mal fragte, sagtest du es fast unwillig. Während der Fahrt in die Jetée aber sagtest du, ich sei wunderschön. Das sagtest du auch an dem Tag, an dem Flinsparker mich entführte. Beide Male hast du es bloß gesagt, um mich in Stimmung zu bringen. Zuvor gabst du es nicht zu. Entweder, um mich nicht üppig zu machen, oder vielleicht sogar, weil du mich tatsächlich nicht schön findest. Jedenfalls hast du mich damals damit gefügig gemacht. Ich zweifelte wirklich, ob du mich schön fändest, und war im Taxi deshalb so sehr geschmeichelt, daß ich gar nicht merkte, was für eine unglaubliche Beleidigung es war, mir nicht zu sagen, was du eigentlich vorhattest. Ich habe mich überhaupt fürchterlich geärgert, daß ich dir so ohne weiteres folgte. Du hast mich am ersten Abend in Nizza einfach übertölpelt. Du mußt dich damals job über mich lustig gemacht haben. Damals schon begann ich dich zu hassen. Und weißt du, wann es mir einfiel, daß du dich über mich mit all dem nur lustig gemacht hast? Als du mir nachts in dem kleinen Hotel beim Bahnhof deine Abenteuer erzähltest. Da merkte ich, wie man dich verwöhnt hatte, und fürchtete, nicht schön genug zu sein. Deshalb war

ich am andern Tag auf dem Balkon im Hotel Ruhl so unausstehlich. V'lan, jetzt weißt du es.«
»Wenn es so gewesen sein soll«, meinte Fec nachlässig, »hättest du dich eigentlich *darüber* am allermeisten ärgern müssen. Nicht bloß über den kompletten Bann. Warum fällt dir das alles so spät ein? Du suchst eben nach Erklärungen. Das ist alles.«
Bichette wollte schon auffahren, bezwang sich jedoch noch rechtzeitig. »Man kann seinem Gedächtnis nicht kommandieren. Aber ich vermute, daß es trotzdem nicht weniger verständlich ist. Ich wollte die Größe meiner Macht feststellen ... denn eine Frau hat doch keine andere im Grunde ... und war wütend, daß du nur gerade ein Ja hinsagtest.«
Fec fühlte zwar seltsamer Weise nicht, wie tief Bichette sich gedemütigt hatte, aber er hatte immerhin so viel erkannt, um zu wissen, daß der Augenblick gekommen war, den Rückzug zu ihm, den sie antrat, zu bewerkstelligen. Dennoch hielt ihn ein spitzes, feinstes Mißtrauen, das er sich nicht zu erklären vermocht hätte, davon ab.
»Lassen wir das.«
»Ja, lassen wir das«, wiederholte Bichette mit nicht ganz sicherem Übermut. »Lassen wir das ...« Nach geraumer Zeit öffnete sie ihr Handtäschchen und wühlte in den Büchsen, Stiften und Schächtelchen.
Fec, der zufällig hinsah, erblickte ihr Messer. »Ah! ... Wo hast du ... Wie hast du ...« Sein Mißtrauen erklärte sich ihm mit einem Schlag.
»Hein?« Bichette puderte sich flüchtig.
»Dein Messer. Als ich dich aus der Jetée ins Hotel trug, hattest du es in der Hand. Das heißt, ich nahm es dir schon zuvor. Wann hast du es mir weggenommen? Du hast es mir zweimal weggenommen.« Fec wunderte sich, daß er so völ-

lig darauf hatte vergessen können. Das Letzte ordnete sich in ihm.

»Lassen wir das.« Bichette schloß energisch das Handtäschchen.

»Auch den – Kofferschlüssel.«

»Wie duftig er das sagt!«

»Das Ende ist immer eine Art von Duft, meine verehrte Meisterin.«

»Er zitiert mich auch noch.«

»Eigentlich zitiere ich mich – durch dich.«

»Dichtest schon wieder, du Kamel?«

»Idiotin!«

»Merci.«

Sie lachten beide. Es klang, ohne es zu sein, herzlich. Dann faßten sie einander an den Händen. Keiner von beiden wußte jedoch, wer die Hand des andern ergriffen hatte.

»Eh ben, du bist also jetzt entschlossen, gewissermaßen die große Demimondaine zu spielen.«

»Bin ich … gewissermaßen.«

»Nun, da du doch fast noch eleganter bist als in Nizza, so …«

»Guips. Das tat ich nur, um dich zu ärgern.«

»Kann sein. Ist aber nicht sehr wahrscheinlich. Du hast eben, wie alle anderen auch, am … sagen wir – großen Leben Gefallen gefunden. Sogar ebenso gründlich wie schnell.«

»Ist doch Jus, das alles.«

»Guips, Jus …« Fecs Gesicht verlängerte sich nach oben hin. Scheinbar ohne es zu bemerken, ließ er Bichettes Hand los. »Es ist doch auffällig … Jetzt, ganz plötzlich, erinnerst du mich an eine Frau, mit der ich monatelang in Rom zusammen lebte. Vor vielen Jahren. Das hat damals sehr ungewöhnlich geendet. Tagelang lag sie auf dem Teppich, rauchte, aß oder schlief, ohne sich auszukleiden. Und wenn ich nachts heimkam, war ich oft nicht einmal zu einem Gespräch fähig. Gerade diese Gespräche aber waren es, die sie in den letzten Wochen noch mehr gereizt hatten als die Art des Lebens, zu dem sie durch mich gekommen war. Es war ihr mehr und mehr, als führten wir dieses Leben eigentlich nur dieser süß-verrückten Gespräche wegen, wie sie sie nannte. Sie war so in einen Zustand geraten, in dem sie schließlich alles, sei es nun ein wildes Leben oder wilde Reden, als Narkotikum empfand, und verlangte nach immer stärkeren. Da das Abenteuerleben für sie kein Narkotikum mehr war, auch nicht die tollsten Liebesexzesse mehr, aber auch letzthin die süß-verrückten Gespräche nicht mehr, die oft bereits Wiederholungen wurden, fühlte sie immer deutlicher, daß alles seinem Ende zuging. Alles schien gelebt, abgenützt und beendet zu sein. Und in diesem Zustand der dumpfen Erwartung einer neuen Steigerung fiel diese Verurteilung zum Nichtstun, zum Stubenhocken. Sie sah nichts vor sich als einen fast sicheren großen Erfolg, sehr viel Geld, vielleicht Millionen, mit denen sie im Grunde nichts anzufangen wußte. Und sie fühlte ganz klar, daß auch ich mit diesem Reichtum würde nichts anzufangen wissen, daß diese ganze tobende Tätigkeit, die mich seit Wochen ausfüllte, mich zutiefst langweilte, nur von etwas wegtreiben sollte. Vielleicht von jenem Zustand, in dem sie, die dem allen abseits und untätig zusehen mußte, sich selbst befand. Und gewisse Gespräche fielen ihr immer wieder ein, die mit einem halb verschleierten Blick ins Graue, Leere, Fern-Drohende geendet hatten. Wo sie wie auch ich gleichsam vor uns selber zurückgewichen waren, um nicht vor einander zurückweichen zu müssen und vielleicht nicht vor — allem. Vor *al-*

lem. Es gab Minuten, in denen ihr das Unmögliche, Schneidende, Brennende, Unerträgliche ihrer eigenen Person, der meinen, unseres Beisammenseins, des *Ganzen* derart scharf und tief ins Bewußtsein drang, daß sie schlaff und bleich sich vom Teppich aufrichtete und glücklich gewesen wäre, wenn irgend etwas ganz Dummes, ganz Verrücktes sich ereignet hätte. Sie erhoffte, erflehte, erbettelte sich von einem krausen X, einem besoffenen Geschick etwas Saublödes. Etwas Verrückt-Saublödes. Es wäre ihr die Erlösung gewesen.« Über Fecs Gesicht, der leidenschaftlich wie noch nie gesprochen hatte, huschte kurz die ungeduldige Erwartung der Wirkung dieser Erzählung.
Aber schon fragte Bichette wie außer Atem: »Und wie ging es zu Ende? Wie war es dann?«
»Ich war von Tag zu Tag schweigsamer und verbissener geworden. Weil ich die innere Katastrophe Marcelles eben sehr deutlich erkannte. Ich wäre ...«
»Marcelle ...«, flüsterte Bichette.
Fec schien nichts zu hören und zu sehen. »Eh ben, ich wäre imstande gewesen, diese Stimmung scharf auszusprechen und *damit* wieder eine neue Stufe, eine neue Hinausspannung zu schaffen. Aber es war mir der phantastisch wollüstige Gedanke gekommen, es diesmal nicht zu tun, sondern das *Ganze* auf die Spitze zu treiben, das *letzte* Gespräch mit der tollen Höhe meines Coups, der den großen Erfolg, die Millionen bringen sollte, zusammenfallen zu lassen und so ihr und mir ein unerhörtes Erlebnis zu verschaffen, die knirschende Feinheit solch eines Genusses, einer Ratlosigkeit, eines Glücks ... ungekannt ... verwirrend ... das uns für immer zu einem unnennbaren, vielleicht unübergipfelbaren Eins zusammenschweißen sollte ... Es gab Augenblicke, nachts, wo ich glaubte, vor Erwartung, Spannung, ja vor

Schmerz ohnmächtig zu werden. Ich hielt es fast nicht mehr aus. Ich ... Chut, ich rede ja irr. Ich bin ja ...«
»O, du bist süß, du bist schön ...« Bichette krallte ihre Finger in Fecs Schulter. Ihre Augen zerflossen. »Henri, du bist ...«
»Henri ... sagst du?« Fec beutelte sich ihre Hand herunter. Es war, als wüßte er nicht, was er tat. »So wie in der Moulin de la Galette ...«
»O, du hast recht ... du hast recht ...« Bichette würgte die Tränen hinunter. »Aber so sag mir doch schon, wie es wurde, wie es war, wie es ... mit Marcelle ...«
»Du kennst ihren Namen?«
»Du hast ihn mir selbst gesagt ... So sprich doch schon!«
Fec lächelte mitleidig. »Eh ben. Wie das eben so geht. Es endete sehr ungewöhnlich. Das heißt ...«, er lachte roh, »sehr gewöhnlich. Der Coup ratierte. Ganz zufällig. Infolge einer — Tortensendung, die ich irrtümlicher Weise übernahm. Einer von jenen Irrtümern, die man besser ein Schurkenstück der Vorsehung heißen müßte. Damit aber fiel auch das andere in sich zusammen. Die ganze innere Spannung, die ich aufgebaut hatte, verflatterte in wenigen Minuten. Es endete wie immer. Ungewöhnlich gewöhnlich. Als kein Geld mehr da war und keines in Aussicht, ging sie mir mit einem Rennstallbesitzer durch. Ça y est.«
Bichette schwieg lange. Ihre Arme zitterten. Ihre Füße schwankten. Endlich fragte sie neugierig zaghaft: »Ich weiß nicht ... Warum erinnerte ich dich an jene Frau?«
Fec tat, als wäre er verlegen. »Warum? Weil es mit uns beiden wohl ähnlich war ... Ja, sie sagte oft — ›Cognac‹, so wie du etwa — ›Guips‹ ... Ah, ich weiß es nicht ...«
Bichettes ganzer Körper begann zu wanken. »Fec ... Fec ...«

Fec blickte ihr fest in die Augen und sagte kalt: »Hast du immer noch nicht genug? Ich glaube, es wäre jetzt endlich an der Zeit, vernünftig zu werden. Sich nichts mehr vorzumachen. Sich nicht mehr von Stimmungen und Exzessen suggestiv hineinlegen zu lassen. Um dann hinterher, wenn man sich bei hellem Kopf ihrer schämt, sich einzureden, man habe sie *gemacht.*«

»Nein. Wirklich nicht.« Bichette protestierte, aber noch sehr tonlos, und ärgerte sich sofort so darüber, daß sie errötete.

Fec schmunzelte wehmütig. »Man kann sich eben tatsächlich *alles* einreden.«

»Hast du dir nicht vielleicht auch eingeredet ...«, Bichette straffte sich mühselig, »daß diese Stimmungen und Exzesse, wie du sagst – hineinlegen? Warum legen sie hinein? Sie sind eben da. Sie kommen eben unvermutet. Und deshalb kommt es nur auf sie an. Auf sie allein. Auf nichts weiter.«

Da Fec schwieg, fügte sie leise hinzu: »Und darauf, daß man seinen Stolz aufgibt und sich immer an sie erinnert ...« Und da Fec noch immer schwieg, zischte sie: »Vielleicht aber ...«

»Ah! Man braucht deinen Stolz nur durch ein kurzes Schweigen zu reizen, und schon machst du dich an dem, was du soeben sagtest, selbst zur Zweiflerin. Genügt dir das nicht endlich?«

Bichette stöhnte: »O, du bist gräßlich! ... Gräßlich bist du!«

»Vielleicht«, höhnte Fec. »Deshalb will ich dir noch sagen, warum ich dich so eindringlich nach dem fragte, was zwischen dir und Flinsparker im Hotel in Monte vorgefallen wäre. Ich war nämlich, weiß der Teufel, warum, fest davon überzeugt, daß du mit Flinsparker geschlafen hättest, und entzückt davon, weil dieses Bewußtsein mich in eine ganz

absonderliche Erregung stürzte ... Ah, das war ... Als du damals nachts zum zweiten Mal in mein Zimmer kamst, glaubtest du, ich zögerte, dich zu nehmen, *weil* du bereits mit Flinsparker ... Im Gegenteil, ich zögerte, weil ich *deshalb* so erregt war ... so sehr, daß ich dich biß ... Nun, ich will es dich jetzt wissen lassen, warum ich dich damals biß ... Daß heißt, ich habe damals nicht gewußt, warum ich gebissen habe ... Und eigentlich weiß ich es auch jetzt nicht ...« Seine Augen wurden plötzlich ganz klein.
»Was für lange Wimpern du hast.« Bichette sprach wie im Schlaf. »Das sehe ich zum ersten Mal.«
»Ah, jetzt weiß ich es doch ... Ich weiß es, ich weiß es ...«, rief Fec heiser. »Es war – Wut. Wut darüber, daß ich keine empfand. Es ist vielleicht die äußerste Lust ... Aber das ist ja so überflüssig ... Unsinn, Bichette, ich dichte, ich dichte ...« Er rückte energisch an seiner Mütze. »Eh ben. Und nun mußte ich erfahren (und ich weiß, daß du nicht gelogen hast), daß *nichts* vorgefallen war. Daß also der uneingestandene Wunsch genügte, um mich in jenen Exzeß hineingeraten zu lassen. Ich habe ihn mir selber eingeredet. Es besteht eben ursprünglich kein Unterschied: ob man von einer Stimmung, einem Exzeß suggestiv überfallen wird oder ob man sie sich selbst einredet. Denn man dürfte, wenn die tatsächlichen Voraussetzungen einer Stimmung, eines Exzesses fehlen, keinesfalls in sie hineingeraten können. Man fällt also auf jeden Fall hinein ... Und nun will ich dir auch sagen, daß das, was ich dir vorhin erzählte, jenes Erlebnis mit Marcelle, von mir im Augenblick, allerdings nicht gänzlich, erfunden wurde. Zum Teil, um dir indirekt noch den Rest der Wahrheit über unsere Beziehungen zu einander zu sagen. Zum Teil, um zu sehen, wie es auf dich wirken würde. Eh ben, es hat ganz prächtig gewirkt. Es hat dich sug-

gestiv hineingelegt. Denn meine Entrücktheit, meine süßen, schönen Worte waren gespielt. So daß ich mir den überaus vergnüglichen Schluß gestatten darf: du bist in deinen jüngsten Liebesexzeß hineingeraten, weil ich die Stimmung dazu machte. *Machte.* Wenn aber die Voraussetzungen gemacht sind, ist auch der Exzeß gemacht. Wir haben einander wirklich *alles* gemacht. Einer die Stimmungen und Exzesse des andern. Wir haben *uns gemacht.*«

»Das lügst du! Schlingue!« Bichette spuckte ihm mitten ins Gesicht. »Jetzt motivierst *du* hinterher!«

»Famos!« Fec wischte sich langsam den Speichel vom Gesicht. »Aber du irrst.«

»*Du* irrst! Als du mich, nachdem ich das erste Mal nachts in Monte bei dir gewesen war … als du mich da so schnell fortschicktest, ohne mich zurückzuhalten, ohne mich verhindern zu wollen, mit Flinsparker zu schlafen … da war ich so wütend über dich, daß ich mich, natürlich auch um diesen Ballot von einem Amerikaner einzufetten, von … von dem Zimmerkellner in seiner Kammer am Ende des Korridors … Ja, das habe ich! Du hast dich also *doch* geirrt …«

»Jetzt motivierst *du* hinterher.«

Bichette fletschte die Zähne und schüttelte beide Fäuste unterm Kinn. Sie kreischte: »O, du, du …«

Fec, der ihren Schirm aufgehoben hatte, machte mit ihm eine schnelle Bewegung. »Nun aber Schluß! Endgültig! Überdies ist jetzt alles so ausgezeichnet verwirrt, daß es ganz unmöglich wäre, es jemals mit Erfolg zu entwirren und auf ein sauberes Nichts zu bringen.«

»Schmutziges Nichts!« Bichette umkrallte seinen Arm.

»Famos! Schmutziges Nichts!«

»Halt aus!« ächzte Bichette, die Nägel immer tiefer in seinen Arm grabend. »Halts aus!«

Fec zerrte, weniger des heftigen Schmerzes als seiner überlegenen Haltung wegen, Bichettes Hände fort. »Und letztlich hast du ja wahrhaftig gemacht, was nur möglich war, um etwas Neues zu erleben. ›Was macht man da nicht alles? Man *macht* alles.‹ Das sagtest du ganz zu Anfang dieser erquicklichen Unterredung. Du scheinst vergessen zu haben, daß du früher noch meiner Meinung warst, als ich sie aussprach und begründete haha ... ›Aber das ist ja schließlich *auch* nichts. Wie alles.‹ Und *das* sagtest du *noch* früher. Schon damals, als du auf die Laterne stiertest ... Ah, der Liebe Zeitvertreib! Er ist *immer* die letzte Ursache von allem. Aber geholfen hat es mir nicht. Mir ist überhaupt nicht mehr zu helfen. Und dir wohl auch nicht. Und damit ...«

»Basta!« Bichette schob sich, die Brauen wie todmüde bewegend, das Fichu zurecht.

»Basta!« Fec reichte ihr die Hand, die sie nicht ergriff, und flüsterte deshalb, aber auch weil es seinem weiter arbeitenden Gehirn gerade noch einfiel: »Übrigens begreife ich immer noch nicht, daß mir so viele Dinge entgehen konnten. Zum Beispiel, wie du im Hotel Ruhl gegen Morgen, während du uriniertest, plötzlich ›Schlingue!‹ vor dich hin sagtest. Und das war nach jener Raserei! Und wie du, als wir die Aussprache hinter Cannes hatten und ich deine Formulierung korrigierte, antwortetest: ›Das war allerdings ein Fehler!‹ Und wie du, am Schluß jenes Gesprächs, als du mir sagtest: ›Du brauchst diese geholten Sachen zu deinem Wohlbefinden‹, erschreckt innehieltest. Erschreckt darüber, daß dir nach *dieser* Einigung *das* entschlüpft war. Du hast eben schon damals auf den Verzicht verzichtet. War das Vergnügen wirklich so groß?«

»Es ging ... wie alles.«

»Die Tigerin.«

»Vielleicht bin ich überhaupt nur aus Vorsicht abgereist. Um von dir nicht dupiert zu werden. Ich wußte doch, daß du die Leute zuerst scharf machst, sie verblöden hierauf, und vollgefressen erwischt man sie, worauf man sie hat, denn es steckt nichts dahinter … So wars ungefähr, das Rezept.«

»Ah!«

Bichette entriß ihm ihren Schirm und ergriff das Geländer der Métro-Haltestelle Anvers. »V'lan. Von hier aus fahre ich.« Sie kehrte Fec den Rücken.

»Bichette!«

Sie war bereits einige Stufen hinabgestiegen. Dennoch blieb sie sofort stehen und drehte sich rasch um. »Was willst du noch?«

»Nichts.«

Bichette ging weiter.

»Nichts!« rief Fec ihr nach.

Bichette blieb abermals stehen. Ihr Mund klaffte schief auf, bevor sie lachte. »Oder willst du …« Ihre Finger machten die Bewegung des Geldzählens. »So sag doch schon, wieviel du willst! … Louche ist das! … Komm her!« Sie öffnete das Handtäschchen. »So komm doch schon her!«

Fec, der sich nun doch ärgerte, daß sie es erraten hatte, näherte sich widerwillig.

»Wieviel willst du?«

»Gib mir fünftausend. Crotte, man muß leben.«

»Nicht mehr?«

»Die fünfzehntausend gehören dir rechtmäßig. Daß du sie für gestohlen ausgabst … Du wolltest den Verdacht vermeiden, als hättest du es nicht gewagt zu stehlen. Und wolltest mich blamieren … Ich habe also eigentlich nur die Hälfte des Schecks …«

»Schnock!«

»Eh ben ...«
Bichette lachte niederträchtig. »Der feinste Genuß ist der Verzicht, hein?«
»Chut, gib schon her!«
In diesem Augenblik krachte ein Schuß.

XIII

Fec hatte eine tödliche Stirnwunde erhalten und war in das Hospital Lariboisière transportiert worden.
Bichette, welcher der Schuß gegolten hatte, saß an seinem Bett. Sie schluchzte ohne Unterlaß.
Ralix hatte das Pech gehabt, über ein kleines Mädchen zu stolpern und hinzufallen. Er war sofort verhaftet worden. Und zwar von dem langen Georges, dem Flic, der wie immer an der Ecke der Rue Blanche gestanden und, sei es aus Vorsicht, sei es darum ersucht, Bichette und Fec gefolgt war.
Gaby, der Schwester Madelon erzählt hatte, wer eingeliefert worden sei, erreichte es durch herzzerreißendes Weinen, daß sie ihr versprach, sie nach Mitternacht heimlich zu dem Schwerverletzten zu tragen.
Als Schwester Madelon, die ihre Voreiligkeit längst sehr bedauerte, mit Gaby auf den Armen in der Tür erschien, starb Fec, ohne das Bewußtsein auch nur für ein paar Sekunden wiedererlangt zu haben.
Pimpi drückte ihm die Augen zu, die scheußlich verdreht zur Decke glotzten.
Als sie unsichtbar waren, sagte Bichette, welche bleich und tränenlos vor dem Bett stand: »Sein Gesicht hat jeden Ausdruck.«

Pimpi, der zustimmend nicken wollte, gewahrte in diesem Moment Schwester Madelon. Sein Kopf blieb überrascht in einer komischen Haltung stehen. Endlich erkannte er Gaby, die mit einem Ausdruck unsäglicher Gespanntheit Fecs Gesicht fixierte.

Als sie sah, daß Fec tot war, begann sie Bichette in unglaublich gemeiner Weise zu beschimpfen.

Schwester Madelon schrie Pimpi zu, ihr den Mund mit einem Taschentuch zu stopfen. Er mußte es wohl oder übel tun ...

Als Bichette hinter Pimpi die breite Treppe des Hospitals hinunterging, sagte sie leise vor sich hin: »Ob ich ihn geliebt habe? Ob er mich geliebt hat? O Gott, wenn ich das nur wüßte! Ich glaube, ich werde noch wahnsinnig.«

Sie wurde es nicht, sondern berühmt. Sämtliche Zeitungen sprachen von ihr. Der ›Matin‹ brachte sogar auf der ersten Seite ihr Bild und einen langen Artikel, betitelt ›Bichette – la tigresse‹, in dem, boulevardmäßig aufgeputzt, ihre Biographie zu lesen war; und das ›Journal‹ ein ganzes Feuilleton mit der leuchtenden Manschette ›Die Geliebte des ermordeten Hochstaplers Henri Rilcer‹. Andere Blätter verglichen sie mit La Goulue, der großen Kokotte, oder mit Grille d'Egout, mit denen sie in keiner Hinsicht eine Ähnlichkeit aufwies, oder nannten sie, schon zutreffender, die ›Jeanne d'Avril der Gosse‹.

Kurz, sie war über Nacht eine Berühmtheit geworden und nahm, weniger stolz, aber höhnischer noch als je, diese Gelegenheit in Gestalt einer ihr von einem südrussischen Getreidemagnaten flugs gemachten Offerte beim Schopf. Buchstäblich.

Sie war seine Maitresse, schlug ihm nach drei Wochen mit

einem eisernen Schirmständer den Schädel ein, vermochte aber mit Pimpis Hilfe zu flüchten.

Nachdem die erste Aufregung in den Montmartre-Cafés über dieses neuerliche blutige Ereignis sich gelegt hatte, begannen die sachlichen Debatten. Die kühnsten Hypothesen schwirrten über die Tische hin: Fec wäre gar nicht mit Henri Rilcer identisch, Bichette von armenischen Konkurrenten gedungen, Pimpi der Anstifter und japanischer Agent etc. etc. Aber man einigte sich auch diesmal nicht. Nur in einem Punkte herrschte Einmütigkeit: nämlich darin, daß Fec eben doch nur ein Trottel gewesen wäre.

Nachwort

Die Erzählung »Die Tigerin« ist zuerst 1925 erschienen. Der Geburtstag ihres Autors jährt sich am 15. Januar 1989 zum hundertsten Mal. Walter Serner, eigentlich Walter Seligmann, in einer deutsch-jüdischen Familie in Karlsbad geboren, gelangte im Rahmen der Wiederentdeckung von Dada zu neuem Ruhm und überhaupt zu breiterer Anerkennung als Schriftsteller.

Entwicklung und Lebensweg Serners sind verschlungen und bis heute nicht in allen Einzelheiten aufgehellt. Seine Anfänge standen unter dem Eindruck von Karl Kraus, in dessen Zeichen er erste journalistische Schritte in der väterlichen Zeitung machte. Das Studium der Jurisprudenz, das er eher lässig betrieb, mündete nicht in einen der üblichen Brotberufe. Nach seiner Promotion im Jahre 1913 widmete sich Serner der Literatur. In Franz Pfemferts Zeitschrift »Die Aktion« veröffentlichte er Beiträge zu den großen Auseinandersetzungen in der zeitgenössischen Kunst, und 1914 redigierte er eine deutsche Neuausgabe von Parent-Duchatelets »Die Sittenverderbnis und Prostitution des weiblichen Geschlechts in Paris unter Napoleon I.«. Serner begann ein Reiseleben, das ihn zunächst vorwiegend in europäische Metropolen zog, nach Wien und München, nach Paris und Berlin.

Walter Serners grundsätzliche Ablehnung bürgerlicher Normen in Kunst und Leben bestand ihre frühe Bewährungsprobe bei Ausbruch des ersten Weltkrieges. Aus dem chauvinistischen Taumel Berlins floh er nach Zürich, damals einer der Hauptorte kriegsgegnerischen Exils. Für diverse Blätter der Kunst-Avantgarde leistete Serner wichtige und auch entschieden kriegsfeindliche Beiträge; er wurde Begründer einer eigenen Zeitschrift, »Sirius«, die er zusammen mit dem Maler Christian Schad herausgab. Dem Anfang 1916 in Zürich sich etablierenden Dadaismus, in dem avantgardistische Künstler in antibürgerlicher Attitüde, in Haß auf den Krieg und in der Ablehnung idealistischer Ästhetik sich zusammenfanden, gesellte er sich erst im Jahre 1917 zu. Sein Beitrag zu dieser bürgerschreckenden Anti-Kunstbewegung war allerdings so vielfältig, daß er bald zu ihren Exponenten gehörte und zu den provokantesten und den Bürgern verhaßtesten Dada-Promotoren avancierte.
Dem kurzlebigen Dadaismus verdankte Serner auch die Klärung seiner literarischen Position. Neben dem dadaistischen Manifest »Letzte Lockerung« von 1918 schrieb er Geschichten, die 1921 unter dem Titel »Zum blauen Affen« erschienen. Bereits in diesem ersten Band, dem innerhalb weniger Jahre weitere drei mit insgesamt etwa einhundert Geschichten aus dem Milieu der Halb- und Unterwelt folgten, wurde das Grundthema angeschlagen: der betrogene Betrüger.
Das Thema war nicht eben neu, die Welt der Diebe, der Schieber und Kokotten, der Zuhälter und Hochstapler hatte schon in der expressionistischen Literatur große Aufmerksamkeit gefunden. Doch bei Serner wurde diese Seite der bürgerlichen Gesellschaft weder heroisiert noch anderweitig verklärt. Die Bluffs, die Tricks und die Coups der kleinen

und der großen Kriminellen, ihre oft verzweifelt-komischen Liebesaffären wurden bei aller Faszination des Autors durch das »Milieu« niemals sentimental aufgeputzt. Serner gelang es, die Prostituiertenquartiere, die Absteigen und die Luxushotels der Großstädte und der internationalen Badeorte genau und kraß, sachlich und atmosphärisch echt in den »Detailaufnahmen« seiner erotisch, kriminalistisch und großenteils auch zum Komischen tendierenden Geschichten einzufangen.
Der Entwurf dieser Gegen-Welt war offenkundig eine Attacke auf bürgerliche Heuchelei in Sachen Eros und Sexus, und sie wurde auch so verstanden. Von seinem ersten literarischen Auftreten an sah Walter Serner sich wütenden Angriffen von Rechts ausgesetzt; es gab wiederholt Versuche, seine Bücher als Schund und Schmutz abzustempeln, den Autor als zwielichtige Erscheinung, als Mädchenhändler, Zuhälter, Bordellbesitzer und Hochstapler zu diffamieren. Der deutschnationale Literaturspießer, der ausgezogen war, »solche« Literatur und deren Autoren zu erledigen, vermochte sich nicht vorzustellen — und er wollte es auch gar nicht —, daß jemand kenntnisreich und literarisch überzeugend ein kriminelles Milieu darzustellen wußte, ohne »dazu zu gehören«.
Trotz der Fürsprache von Alfred Döblin, Kasimir Edschmid, Max Herrmann-Neiße, Theodor Lessing, Christian Schad und anderen erreichte das Kesseltreiben gegen den Autor in der zweiten Hälfte der zwanziger Jahre ein solches Ausmaß, daß Serner es vorzog, endgültig »unterzutauchen«. Seine Spur verlor sich in den großen Städten Europas, zwischen denen er unermüdlich gereist war. Die Mutmaßungen über sein Schicksal wechselten, erst in den letzten Jahren fanden sich Hinweise, die kaum noch einen Zweifel daran lassen,

daß Walter Serner im August 1942 von Prag nach Theresienstadt deportiert wurde, um von dort wenige Tage später in ein Vernichtungslager verschleppt zu werden.
Trotz der Verkleidungen, in die er zu schlüpfen pflegte, mit denen er für ein heftiges Rätselraten der Zeitgenossen über seine »unerklärliche« Existenz sorgte, trotz des »Abenteuerlichen« und »Exotischen«, das die Bürger an diesem *Hotel-Menschen* Dr. Serner abstieß und insgeheim magisch anzog, bleibt das unanfechtbare Resultat seiner literarischen Leistung, die Theodor Lessing schon 1925 veranlaßte, ihn als den »Maupassant der Kriminalistik« zu bezeichnen.
Ungeachtet seiner nicht seltenen literarischen Ausflüge ins Milieu kleiner Ganoven, Schieber, Zuhälter und Prostituierten ist Serners bevorzugte Figur von Anbeginn der Rastaquère, also der Hochstapler, der Abenteurer und Gentlemanverbrecher. Serner entwirft den Typus eines intelligenten Kriminellen, dem das »Spiel« um den Coup zumindest so wichtig ist wie der Coup selbst. Die »Tigerin« Bichette und der räsonierende Hochstapler Fec entstammen dem Pariser Halbweltmilieu. Paris ist für den Autor immer ein naheliegendes und »natürliches« Terrain gewesen. Häufig und leidenschaftlich gern hat sich Serner dort aufgehalten. Seine genaue Darstellung der Bistros und Brasserien, der Cafés und Hotels, der Straße und der Straßenbewohner, die Wiedergabe ihres Gelächters und ihrer Kampfeslaute — all das verneint Oberflächenbekanntschaft, schließt Ansichtskartenverruchtheit vom Montmartre aus. Die gestochene Zeichnung verrät vielmehr die Kenntnis eines, der die dunkle Aura des Verbrechens, das Kalt-Mondäne der Kriminellen ohne jeden Hauch von Koketterie oder modischer Zutat zu zeigen weiß. Serner ist nicht nur präzis — das sind gewiß manche Autoren —, er ist von einer Schärfe der Darstellung,

die nahezu schmerzhaft wirkt. Sprache und Körpersprache seiner Figuren, die Zeichnung ihrer Psyche, besonders in der Fixierung des Lauerns und Belauertwerdens, sind bemerkenswert.
Alfred Döblin äußerte sich 1931, anläßlich des Versuchs, »Die Tigerin« auf den Index inkriminierter Bücher zu setzen, grundsätzlich: »Toll und von einer erschütternden Ahnungslosigkeit, von dem blutigsten Dilettantismus sind die Urteile eigentlich literarischer Art über das Werk.« Vehement wehrte der Autor von »Berlin Alexanderplatz« die Verleumdung des Buches als Pornographie ab: »Faktisch ist es ein machtvolles Thema, das anzufassen wir nie aufhören werden. Und das Thema ist von Serner abgewandelt worden streng, ernst, hart, ohne Konzession an einen erschreckten Geschmack, ja nicht einmal ohne die billige Konfrontierung mit einer bürgerlichen Person oder Gruppe der moralischen Sphäre.«
Henri Rilcer erscheint beim ersten Betrachten fast als moderner Typ, vielleicht sogar als Vorwegnahme des sogenannten Aussteigers. Er, der »mit allem fertig« ist, der sich stets analysiert, ständig »dichtet«, unterscheidet sich jedoch grundsätzlich von den Gaunern der Realität. Die Memoiren selbst der intelligentesten Hochstapler der Zeit entbehren selten Naivität und Selbstbemitleidung. Serners Protagonisten dagegen geben sich kalt, phantasiebegabt, gewandt, scharfsichtig, von schnellem und genauem Kalkül. Und sie mißtrauen jedem, dem Nächsten, dem Geliebten, sich selbst. Bichette und Fec sind also keineswegs »Abklatsch« jener Literatur, sie heben sich vielmehr von der Folie der oftmals aufschneiderisch und sentimental einherkommenden Erinnerungen von Star-Kriminellen gewissermaßen als *Serners Memoiren auf anderer Ebene*, als literarische Verkörperung

der *Hochstapler-Philosophie* seines Manifests »Letzte Lokkerung« ab.

»Die Tigerin« stellt ebensowenig eine klassische Liebesgeschichte dar wie eine klassische Kriminalgeschichte. Bichettes und Fecs wider Willen von echter Leidenschaft beherrschte »Romanze« ist eher beiläufig eine Kriminal-Story. Als Hochstaplergeschichte allerdings ist sie von eigener Art und besitzt durchaus besonderen Reiz. Serner bleibt *sachlich* bis zur äußersten Konsequenz; nahezu mit wissenschaftlichem Interesse ruht sein Blick auf dem Gegenstand, um ihm auch das letzte Geheimnis nicht-wohlanständiger, nicht-bürgerlicher Existenz zu entreißen. Die Korrespondenz mit seinem frühen dadaistischen Manifest, das 1927 zum »Handbrevier für Hochstapler und solche, die es werden wollen« erweitert wurde, ist offensichtlich. Passagenweise bedrängt die Philosophie des Hochstaplers sogar das Interesse an der Liebesleidenschaft, partiell auch die Beschäftigung mit der Montmartoise Bichette. Der Balanceakt zwischen »absonderlicher Liebesgeschichte« und Kriminalsujet aber, den Serner nicht etwa mit schlafwandlerischer Sicherheit, sondern durch literarische Erfahrung und mit Finesse besteht, läßt ihn als Erzähler erkennen, der seine Figuren, ohne je ins Sentimentale oder Kitschige, ins Schwüle oder Obszöne abzurutschen, souverän zu führen weiß.

»Die Tigerin« ist das Ergebnis einer schriftstellerischen Entwicklung, die durch die strenge Schule von Karl Kraus, durch expressionistische Anfänge, durch dadaistische Feuer gegangen ist und in relativ kurzer Zeit zu einem Stil von Präzision, Schärfe und Eleganz gefunden hat. Die Erzählung, deren »gallische Struktur« von Max Herrmann-Neiße beim ersten Erscheinen des Buches klarsichtig erkannt und als

»Muster glänzend beherrschter Schreibtechnik« gerühmt wurde, hat ihre Bewährungsprobe durch die Zeit überzeugend bestanden.

Joachim Schreck

ISBN 3-360-00068-4

3. Auflage

Lizenz-Nr.: 409-160/276/88 · LSV 7104
Einbandentwurf: Klaus Ensikat
Printed in the German Democratic Republic
Satz: INTERDRUCK Graphischer Großbetrieb
Leipzig – III/18/97
Druck und buchbinderische Verarbeitung:
LVZ-Druckerei »Hermann Duncker«, Leipzig – III/18/138
622 738 2

00450